Rosanne Parry

Lauf wie der Wind, Sky!

Rosanne Parry

Lauf wie der Wind, Sky!

Mit Illustrationen von Kirbi Fagan
Aus dem amerikanischen Englisch von
Uwe-Michael Gutzschhahn

COPPENRATH

MIX
Papier | Fördert gute Waldnutzung
FSC® C083411

5 4 3 2 1

ISBN 978-3-649-64750-8

Greenwillow Books,
an Imprint of HarperCollins Publishers, New York
Originaltitel: A Horse named Sky

Umschlaggestaltung: Anne Sent unter Verwendung
einer Illustration von Julia Gerigk
Übersetzung: Uwe-Michael Gutzschhahn
Lektorat: Natalie Tornai
Satz: Helene Hillebrand
Printed in Germany

Das @book erscheint unter der ISBN 978-3-649-64952-6.

Für alle, die um saubere Luft und
sauberes Wasser kämpfen
und sich für diejenigen einsetzen,
die nicht für sich selbst sprechen können.

Virginia Range, Nevada, Herbst 1856

Heimatgewässer

Meine erste Erinnerung ist der Klang von Wasser. Die Wärme der Sonne. Der Geruch meiner Mutter. Die Berührung ihrer Zunge auf meiner Haut und der Horizont als großer Kreis rings um mich herum. Meine zweite Erinnerung ist der Drang zu laufen. Er ist urplötzlich da, noch bevor ich die Kraft habe, aufzustehen. Ich schüttle die Nässe aus meiner Mähne. Mutter leckt mich von den Ohren bis zu den Hufen ab. Der Wind trägt scharfe, frische und süße Gerüche heran: von Kiefern, Salbei und Wasser.

Die Pferde aus meiner Familie heben den Kopf. Drehen die Ohren in meine Richtung. Alle Tanten betrachten mich mit ihren dunkelbraunen Augen. Jede atmet meinen Geruch ein.

»Ist ein Kleiner«, sagt Gale, meine Tante.

Meine Tante Rain, die nach dem Regen heißt, schnuppert an meinen Beinen entlang, als ob sie nach mehr suchen würde. »Der wächst schon«, sagt sie entschieden.

Tante Gale, deren Name von Sturmböen stammt, stupst mit den Nüstern gegen die weißen Flecken in meinem kastanienbraunen Fell. »Wolkenzeichnung«, erklärt sie. »Wie bei unserem Hengst.«

»Möge er wachsen, um so ein Kämpfer zu werden wie der«, sagt Tante Rain.

»Wir werden dich Sky nennen, so wie der Himmel«, entscheidet Mutter.

Die Tanten drängen sich zusammen, um den Wind, der mich zittern lässt, abzuschirmen.

»Wir sind dein Schutz, solange du heranwächst«, erklärt mir Mutter.

»Bleib in unserer Nähe«, sagt Tante Rain.

»Wir werden nach allen Gefahren Ausschau halten«, meint Tante Gale.

Ich nehme den Geruch meiner Familie auf. Mutters kastanienglänzendes Fell. Das schimmernde schwarze von Tante Rain und den satten Duft nach Erde von Tante Gale.

Salbeibüsche beschatten meinen Liegeplatz.

Goldfarbene Grasbüschel biegen sich im Wind. Gelbe und braune Vögel huschen von Strauch zu Strauch. Ich blicke hinauf zu dem blauen Bogen des Himmels und den blassen Wolken, die ziehen, ziehen, ziehen. Und schon möchte ich rennen und jagen wie sie.

Mutter und meine Tanten grasen gemächlich.

Abreißen. Zubeißen.

Blick zum Himmel.

Schnuppern. Kauen.

Blick zum Horizont. Weiterkauen.

Umdrehen. Schnuppern. Hänge absuchen.

Abreißen. Zubeißen.

Unser Hengst – er heißt Thunder wie der Donner – steht oben auf dem Bergkamm, schwarzweiß gefleckt vor dem blauen Himmel. Er beobachtet, horcht, lauert auf Gefahr. Überall um ihn herum grasen Esel und weiter hinten das schlanke und scheue Rotwild. Vögel schießen herab. Ihre schrillen Stimmen trägt der Wind, doch sobald ein dunkler Schatten über den Boden jagt, sind alle stumm wie kleine braune Steine.

Ich entdecke einen silbernen Schimmer im Tal unter uns. Der Schimmer breitet sich aus wie das Netz einer Spinne.

»Deine Heimatgewässer«, erklärt mir Mutter und blickt über das weite Tal. »All deine Kraft kommt daher.«

Ich beobachte, wie Pferdeherden von dem Schimmer trinken. Auch Gabelböcke. Jede Menge Huscher zieht es zum Wasser, der große fängt Fische, die kleinen ducken sich im Gestrüpp. Kräftigere Tiere treten allein ans Wasser und Scharen von Schwimmvögeln verlassen ihre Teiche nie.

Mutter leckt mich erneut fest und gleichmäßig ab.

Ich entwirre meine Beine. Stemme die zwei vorderen fest in den Boden und drücke, bis sie sich gerade richten, dann setz ich mich auf. Eine blassgraue einjährige Stute tritt heran und schnuppert an mir. Sie stupst mich zum Spaß und ich kippe auf den Rücken. Wütend schnaube ich sie an und sie schnaubt zurück. Mit Mühe wälze ich mich wieder auf den Bauch und sie stößt mich gleich noch mal um.

»Storm«, sagt Tante Rain. »Sky ist gerade erst geboren. Gib ihm eine Chance.«

Storm ist schlaksig, mit langen Beinen, grau wie ein Mondstrahl und frech wie ein Blitz. »Erst die Hinterläufe«, sagt sie zu mir. »Jetzt mach schon!«

Sie springt davon, jagt um unsere Mütter herum und kommt zurück. Wie gern würde ich so herumrennen wie sie! Ich schüttle die kurze Mähne und probier es noch einmal. Ich drücke die Vorderläufe gerade und konzentriere mich dann auf die Hinterläufe.

Ich verbiege mich. Strecke mich. Drücke. Schwanke.

Mutter steht an meiner Seite und malmt unentwegt. Lässt mich selber herausfinden, wie das Aufstehen geht. Storm hält eine einzige endlose Kette von Ratschlägen bereit.

»Drück weiter.«

»Nein.«

»Beide Beine.«

»Erst beugen, dann drücken.«

»So wird das nie was!«

»Los, noch mal.«

»Der kapiert's nicht!«

Mutter steht ruhig und schweigend an meiner Seite.

Tante Rain klappt missbilligend ein Ohr in Storms Richtung.

Tante Gale presst ihre Lippen fest zusammen.

Storm schnaubt enttäuscht. Dann wendet sie sich ab und vergräbt ihren Kopf unter dem Bauch ihrer Mutter Rain. Plötzlich taucht ein wunderbar köstlicher Duft auf. Ich weiß nicht, was er bedeutet, doch ich will ihn!

Ein letztes Drücken mit den Hinterläufen, dann richte ich mich auf. Ich schwanke. Ich strecke die Beine weiter, um sie zu stabilisieren. Dann beuge ich die Vorderläufe, Hufe nach unten, und hole Luft.

Drück!

Mein Kopf hebt sich, ist jetzt auf Höhe des Rumpfs. Die Beine zittern, aber sie stehen.

Oben!

Ich schaue von Huf zu Huf und kann kaum glauben, dass sie mich tragen. Der Wind trocknet die feuchte Haut. Ich blinzle in den wehenden Staub. Tante Gale beobachtet mich genau. Stupst vorsichtig gegen meine Hüfte und Schulter. Ich versuche, stehen zu bleiben, doch ich schwanke schon bei der kleinsten Berührung.

»Bleib dicht an meiner Seite!«, befiehlt sie.

»Können wir nicht ausruhen? Nur einen Tag?«, sagt Tante Rain. »Ich höre keine Gefahr.«

»Die Heuler werden es riechen«, antwortet Tante Gale. Sie starrt ernst auf einen Haufen von etwas Dunkelrotem und Klebrigem am Boden hinter Mutter. »Sie werden kommen mit ihrem Gebell und Gejaul. Sie werden ihn jagen. Das weißt du genau.«

»Still«, sagt Mutter leise. Sie kommt näher. Ich lehne mich an sie, um mein Gleichgewicht zu halten. »Kein Grund, jetzt schon von Jägern zu reden.«

Ich weiß nicht, was jagen bedeutet, doch allein bei dem Laut erzittere ich.

Tante Gale und der Hengst bewegen sich weiter den Hang hinauf, von wo aus sie in alle Richtungen horchen können.

Ich schaue zu meinen Heimatgewässern hinab und dann weiter drüber hinaus, wo sich Berge und Himmel treffen – in einer frostweißen Linie zwischen dem Grau und dem Blau. Obwohl er weit, weit weg ist, spüre ich, wie mich der Horizont anzieht und nach mir ruft.

Ein harter Schrei ertönt. Der Schatten eines riesigen Vogels jagt über den Boden. Kleine Pfeifer, die am Gras nagen, verschwinden eilig in ihren Löchern. Ich ducke mich unter Mutters Bauch.

»Der Jagdvogel ist nicht hinter dir her«, sagt meine Mutter.

Mit einem Kopfschütteln vertreibe ich die Panik. Hunger. Ich habe so großen Hunger! Jetzt, wo ich stehe, ist der wunderbare Geruch noch näher. Ich schnuppere am Bauch meiner Mutter entlang und höre ihren Lebenspuls. Und dann finde ich, was ich suche – Milch. Besser als alles, was ich seitdem gefressen habe. Ich trinke, bis ich keinen einzigen Schluck mehr schaffe.

»Ich bin dein erstes Wasser«, sagt Mutter. »Und du wirst immer Kraft in mir finden.«

Ich sauge ihren Geruch ein, das Gefühl ihrer Haut, den Klang ihrer Stimme, und gleite zu Boden, um zu schlafen.

In meinen Träumen sehe ich den graublauen Horizont. In meinen Träumen kann ich ihm schon entgegenlaufen. In meinen Träumen höre ich den Ruf des Jagdvogels. Und dann bin ich wach. Hellwach. Blinzle. Mein Lebenspuls rast. Und ich weiß nicht, warum.

Der Wind trägt den Laut. *Yip yip huuuuuuu!*

»Folgen!«, befiehlt meine Mutter.

Ich springe auf die Beine, gehe ... trotte ... lauf ihr im Mondlicht hinterher. Die Tanten und Storm laufen neben mir, Thunder am Schluss. Hinter uns jagen die Heuler. Wir laufen zusammen unter den Sternen dahin. Eine geschlossene Herde. Sicher und stark.

Heranwachsen

In dieser Nacht entkommen wir den Heulern. Wir entkommen ihnen auch in der folgenden Nacht. Am nächsten Morgen sind sie wieder da und unser Hengst dreht sich um und kämpft. Danach bewegt sich das Rudel weg.

»Schnelligkeit ist Stärke«, erklärt mir Thunder. »Fall niemals zurück.«

Das Rudel jagt uns nicht mehr, doch ich erinnere ihren Geruch, das Knurren und das Stöhnen des sterbenden Rotwilds, das sie statt mir reißen. Das Wild, das nicht schnell genug ist.

An den meisten Tagen weckt mich Storm.

»Auf geht's!«, sagt sie. »Folg mir!

In einem Wirbel aus Staub jagt sie fort und ich ihr hinterher. Zusammen folgen wir den Ufern von jedem Bach oder Teich des weiten Feuchtgebiets, das unser Heimatgewässer bildet. Wir stürmen durch die seichten Stellen und schrecken die Fischervögel auf, dass sie mit ihren breiten schwarz-weißen Flügeln emporflattern.

»Schau dir das an!«, sagt Storm und stört einen Sauser aus seinem Versteck auf. »Schau bloß!«

Wir entdecken eine große runzlige Echse, die ihren Kopf hebt und die Luft schmeckt. Sie wärmt sich in der Mittagssonne auf der flachen Oberfläche eines Steins.

»Wetten, dass du sie nicht fängst?«, sagt Storm. Ihren Aufforderungen kann ich nie widerstehen. Ich bewege mich so langsam und leise wie möglich auf die Echse zu. Keine Ahnung, ob Echsen riechen können. Ich sehe mich vor, dass mein Schatten nicht über sie fällt. Trotzdem spürt sie, dass ich komme. Und die Echse huscht in einen Spalt zwischen den Steinen. Ich springe vor und erwische den dicken Schwanz mit meinen Zähnen, doch sie hat schon den Körper aufgebläht, um Halt zu finden. Egal wie fest ich ziehe, ich krieg sie nicht raus.

Storm lacht und all die kleinen Esel lachen mit ihr, doch ich bin nicht sauer. Woher soll ich wissen, dass eine Echse blitzschnell so groß werden kann?

Storm macht sich zum nächsten Abenteuer auf. Am einen Tag nimmt sie es mit einem Dachs auf, am nächsten jagt sie mit ein paar Jungeseln durch das Grasland. Sie bringt uns dazu, dass wir alle über Bäche und Sträucher springen. Eine bereitwillige Horde von Jährlingen, Pferden so gut wie Eseln, folgt ihr überallhin. Old Jack, der Hengst der Esel, schimpft mit ihr, wenn sie uns an Stellen führt, wo er seine Herde nicht im Blick hat. Ich fürchte mich vor Old Jacks Zorn, obwohl ich bereits im Frühling meines ersten Jahres so groß bin wie er.

Doch Storm kümmert sein Zetern nicht. Sie hat vor niemandem Angst. Und sie ist so schnell! Ich träume davon, einmal genauso schnell zu rennen wie sie. Eine Jahreszeit nach der andern versuche ich, mitzuhalten. Ich strecke meine kurzen Beine, um ihren nahe zu kommen. Mit jedem Tag werde ich schneller, aber ich hole sie nie ein.

Ich sollte meine Tritte mit den Hengstfohlen anderer Herden trainieren, aber sie sind alle so viel größer als ich.

Storm mit den langen Beinen ist glücklich, wenn sie sich mit den Hengstfohlen messen kann. Sie hat einen so schnellen Tritt, dass ihn die andern nie kommen sehen. Die Stuten schimpfen mit ihr, doch ich bewundere sie und wünsche mir, auch so mutig zu sein.

Manchmal führt Mutter die Herde salzwärts – dorthin, wo das Wasser sprudelnd aus dem Boden schießt, so heiß wie die Sonne und bitter im Geschmack. Wir suchen nach salzigen Felsen, während unser Hengst in die treibenden Wasser watet und über seine Zipperlein klagt.

Wenn dichte schwarze Wolken aufziehen, klettern wir die Bergkämme hoch und rufen den Regen, den Schnee und den Wind herab, die von sturmwärts kommen. Wir lecken Eiszapfen und tanzen im Schnee. Wir betrachten die Sterne, wie sie vom einen Horizont zum andern wandern.

Wenn die warmen Winde von salzwärts heraufziehen und der gefrorene Boden aufweicht, werden die Gräser um unsere Heimatgewässer gelb und rot, rosa und violett, weiß und blau von all den Blumen. Ihre süßen oder strengen Düfte wehen um uns. Wir horchen auf alles, was summt, und jagen alles, das gelb oder orange von einer Blüte zur andern flattert.

»Seid vorsichtig!«, sagt Mutter. »Spart eure Kräfte.«

»Fresst nicht die lila Blumen«, erinnert uns Tante Rain. »Sonst stürzt ihr und steht nie wieder auf.«

»Und hütet euch vor der Krallenbestie!«, ergänzt Tante Gale und zwickt uns beide am Hintern – doch vor allem Storm, die nicht zuhört.

Tante Gale beobachtet mit starrem Blick die Bäume um uns herum. Währenddessen schaue ich auf die tiefen Kampfspuren, die sich dicht an dicht über ihren Körper ziehen. Als sie ein Fohlen nicht älter als Storm war, ist ihr eine Krallenbestie auf den Rücken gesprungen. Sie hat gebuckelt, ist wild herumgewirbelt und hat getreten, bis das Krallentier endlich losließ. Danach haben Mutter und Tante Rain Tag und Nacht an ihrer Seite verbracht. Sie haben

geholfen, bis ihre Wunden heilten und sie wieder Mut fand. Wenn Tante Gale im Schlaf weint, ist Mutter immer zur Stelle. Wenn Tante Gale bei einem nächtlichen Jaulen von den Nüstern bis zum Schwanz zu zittern anfängt, ist Tante Rain gleich an ihrer Seite.

»Tut mir leid, Tante«, sage ich und stupse sie sanft in den Hals.

»Ich habe geschaut! Ich habe geschnuppert!«, sagt Storm mit einem Ohrenzucken. »Keine Krallenbestie, versprochen!«

Tante Gale schnaubt sie wegen ihrer Unbesonnenheit an, doch dann lehnt sie sich an sie. Storm wiegt sich mit ihr hin und her, so wie die Bäume im Wind.

»Ich werde immer an deiner Seite bleiben«, sagt Storm.

Tante Gale stößt einen dankbaren Seufzer aus.

Wenn ich doch dasselbe sagen könnte! Doch es ist kein Versprechen, das ein Junghengst geben kann. Stutenfohlen sind dazu geboren, bei den Müttern und Tanten ihrer Familie zu bleiben. Junghengste müssen weiterziehen, ob sie es wollen oder nicht.

Aber jetzt noch nicht … nicht heute.

Auf dem Bergkamm

Die Jahreszeiten wechseln und ich werde ein guter Läufer – fast so schnell wie Storm. Doch ich bin nie so wagemutig und unerschrocken. Sie klettert auf Bergkämme. Gräbt Frösche aus, nur um zu sehen, wie sie mit ihren Hinterläufen fuchteln, bis sie wieder eingebuddelt sind. Ich glaube, sie würde sich sogar auf den Kampf mit dem kratzigen Wiesel einlassen, einfach bloß wegen des Nervenkitzels. Wir finden neue Wege. Wir wachen im Dunkeln auf, um dem Nachtvogel zuzusehen, der in völliger Stille über uns hinwegfliegt.

Und was das Beste ist: Wir finden die verborgenen Stellen, an denen frisches Wasser herrlich klar aus dem Boden blubbert. Immer wenn wir eine Quelle finden, blasen wir aus Dankbarkeit sanft über das Wasser. Wir brauchen die Quellen in der trockenen Jahreszeit, wenn Bären und Rudel von Heulern zur Erholung in unsere Heimatgewässer kommen. Wir teilen das Wasser, so wie es alle Tiere tun müssen.

Aber in der Trockenzeit ist es gut, verborgene Quellen als Zuflucht zu haben. Wir hüten ihr Geheimnis.

An einem Sommertag, als das Gras von Grün zu Blassgelb verbleicht, laufe ich mit Storm bis hoch hinauf ins Gebirge. Es dauert den ganzen Morgen. Als wir den Bergsattel erreichen, sind wir eingestaubt und verschwitzt. Doch das ist mir egal. Von dem Bergkamm breitet sich die ganze Welt vor uns aus. Auf der Sonnenaufgangsseite des Kamms gibt es einen breiten, glitzernden Fluss. Er windet sich durch die Berge. Menschen und ihre Schlepper wandern am Fluss entlang. Die Schlepper haben kräftige Nacken und breite Schultern. Ihre kurzen Hörner stechen seitlich heraus statt oben. Sie schleppen alle möglichen seltsamen Lasten hinter sich her. Gewöhnlich sind die Menschen in Richtung der schneebedeckten Berge auf der Seite unterwegs, wo die Sonne untergeht. Aber heute sehen wir, wie die Menschen den Fluss verlassen und unseren Berg hochkommen. Sie setzen ihr Gepäck ab und bleiben.

»Was, glaubst du, machen die da?«, frage ich.

»Sie sind wohl wegen der Bäume hier«, antwortet Storm.

In den vergangenen Sommern sind Menschen in unsere Heimatgewässer eingedrungen, hirschlederdunkle Männer mit schwarzen Mähnen. Große und kleine. Sie haben die Zapfen von den Kiefern geholt. Vom Boden aufgelesen und von den unteren Zweigen gepflückt. Und ihre Jungen auf den Schultern angetrieben, noch weiter hinaufzulangen. Dann haben sie Salbeizweige abgebrochen und die Zapfen zusammengebunden. Ein paar Tage später sind sie verschwunden und haben die Kiefernzapfen und den Salbei mitgenommen. Niemand wusste, wieso. Weder Mutter noch eine der Tanten. Selbst die Esel hatten keine Ahnung.

»Sie kommen immer im Sommer«, erklärte uns Old Jack mit dieser typischen markanten Eselstimme. »Menschen tun seltsame Dinge«, fügte er noch hinzu. »Niemand versteht sie.«

Ich hab mal einen Kiefernzapfen probiert, ob er Nahrung ist. War er aber nicht.

Die Menschen, die heute unseren Berg hochkommen, sind nicht die Kiefernzapfen-Sammler. Aber sie müssen trotzdem wegen der Bäume hier sein. Weshalb denn sonst?

Storm und ich behalten sie im Auge, während wir nach den süßesten Blumen jagen. Die rosafarbenen, die den Boden umarmen, mag ich am liebsten. Storm liebt die würzigeren gelben. Mutter und die Tanten folgen uns und halten mit Frost Schritt, unserem jüngsten Fohlen. Unser Hengst steigt auf den Bergkamm und sucht seinen gewohnten Platz – mit Gras zum Fressen und dem Überblick über seine ganze Herde. Er blitzt jeden Baumwipfel an, wo eine Krallenbestie lauern könnte, um zuzuschlagen. Er sucht den Horizont nach umherziehenden

Hengsten ab, die ihm unsere Tanten stehlen könnten. Sein Fell ist voller Kampfspuren von all den Gefahren, die er vertrieben hat.

Irgendwann bald werde ich gegen ihn kämpfen müssen. Mutter sagt, so war es immer. Die Stutenfohlen bleiben und die Hengstfohlen kämpfen oder ziehen fort.

»Manchmal gewinnt das Hengstfohlen und bleibt«, erinnert mich Storm immer gern. Ich kann mir nicht vorstellen, unseren Hengst zu vertreiben. Ein Herausforderer nach dem anderen hat gegen ihn gekämpft – alle viel größer als ich. Und immer gewinnt er.

Bei dem Gedanken läuft mir ein Schauer über den Rücken. Ich will gegen niemanden kämpfen, niemanden besiegen.

Storm bäumt sich auf und verteilt mit ihren Vorderhufen Schläge in die Luft.

Wenn ich in Gefahr wäre, hätte ich Angst vor Storm.

Der Hengst wirft seinen Kopf hoch, um sie – erneut – daran zu erinnern, dass Stutenfohlen nicht kämpfen. Sie bäumt sich noch mal auf, bloß um zu widersprechen, dann knabbert sie mir leicht am Hals lang. Ich schließe die Augen, während sie meine Stiche und meine Sorgen wegbeißt.

»Eines Tages wirst du stärker als er sein«, sagt sie.

Ich reibe mich dankbar an ihr, doch ich glaube ihr nicht. Unser Hengst ist so groß. Und er gibt nie, nie, nie auf. Ich will nicht weg. Ich will hier an meinen Heimatgewässern bleiben, bei Mutter und meinen Tanten, bei Storm. Doch die einzige Chance, hierzubleiben, bedeutet, gegen den Hengst zu kämpfen und zu gewinnen. Ihn zu vertreiben und seinen Platz einzunehmen.

So mutig werde ich niemals sein, da bin ich mir sicher.

Sommer 1860

Kiefern

Den ganzen Sommer über beobachten Storm und ich die gegenüberliegende Seite der Hänge. Jeden Tag kommen mehr Menschen – rotmähnige, braunmähnige und graue. Sie strömen zusammen wie Bienen in einen hohlen Baum. Sie bewegen Felsbrocken. Sie graben Löcher. Ganze Pferdeherden rennen von den Lochgräbern fort. Sie kommen auf unsere Seite des Bergs, trinken von unserem Wasser. Zum ersten Mal in meinem Leben frage ich mich, ob unsere Heimatgewässer für uns alle reichen.

»Haltet euch von diesen Menschen fern«, befiehlt Thunder. »Passt auf, dass sie euch nicht sehen.« Er bewacht die Wege zum Bergkamm und stupst uns, wenn wir versuchen, uns an ihm vorbeizustehlen.

Aber Storm und ich sind viel zu raffiniert für ihn. Er ruht gern aus, wenn die

Sonne hoch am Himmel steht. Auch Mutter und unsere Tanten dösen, den Kopf an die Hüften und Schultern derer gelegt, die neben ihnen stehen. Frost schläft in ihrem Schatten. Storm und ich tun so, als würden auch wir schlafen. Manchmal werden wir wirklich ganz schläfrig von dem steten Gesumm der Bienen und dem Flüstern des trockenen Windes zwischen den Kiefernnadeln. Doch dann stoße ich Storm leise an und wir schlüpfen davon.

Vorsichtig nähern wir uns dem Bergkamm. Wir horchen auf das komische Klirren und die scharfen Schreie, die die Lochgräber bei ihrer Arbeit machen. Wir sehen, wie ein Mensch auf uns zukommt. Ein Esel folgt ihm. Der Esel wird an einem Strick um den Hals hinterhergezogen. So was hab ich noch nie gesehen.

Old Jack ist ein Kämpfer. Er ist ringsum genauso von Narben übersät und ebenso mürrisch wie unser Hengst. Der würde nie zulassen, dass ein Mensch eines seiner Tiere wegnimmt. Es muss sich also um einen verloren gegangenen Esel handeln, der keine Familie hat, die ihn beschützt.

Der Mensch bleibt an einer besonders hoch gewachsenen und ausladenden Kiefer stehen und schwingt einen Stock gegen den Stamm. Vögel stieben aus dem Geäst und sausen über die Spitzen des Waldes davon. Der Stock hat et-

was an seinem Ende, irgendwas Scharfes wie ein Zahn oder eine Kralle. Der Mensch kämpft gegen den Baum!

Old Jack hat recht. Man kann Menschen nicht verstehen. Wieso gegen einen Baum kämpfen, der nicht zurückkämpfen kann? Einen Baum, der einem nie etwas getan hat? Wir verfolgen, wie Schlag auf Schlag hart gegen den Baum trifft und tief in den Stamm beißt. Mit einem ohrenbetäubenden Krachen und dem Schwall eines strengen Geruchs geht der Baum zu Boden. Der ganze Baum, als wenn ihn ein schwerer Wintersturm umgestürzt hätte. Der Mensch bindet den Baum an den Esel. Zusammen gehen sie fort und ziehen den Baum hinterher. Er hinterlässt eine lange Kampfspur im Boden.

Ich habe schon andere Dinge sterben sehen: Vögel, Blumen und Fische. Ich habe die Knochen von Rotwild und Pferden zu Erde werden sehen, wie wir alle es müssen, wenn wir alt werden. Aber dieses Töten eines Baums – eines Baums, der sein ganzes langes Leben nur Schatten und Schutz geboten hat. Ich versteh das nicht.

Als der Mensch weg ist, gehen Storm und ich zu dem Stumpf der zerstörten Kiefer. Mein Lebenspuls pocht so stark wie nach einem schnellen Lauf. Das Knirschen der Zapfen, die einen Kiefernstamm umgeben, hallt in die plötzliche Leere. Klares, funkelndes Baumblut trieft an dem Stumpf hinab. Nie werde ich seinen Geruch vergessen, streng und bitter wie Wut.

»Schrecklich«, sagt Storm.

»Schlimmer als Gefahr«, stimme ich zu.

Wir laufen eilig den Weg zurück zu unseren Heimatgewässern. Doch sie werden nie mehr dieselben sein.

Geheime Quelle

Das Sommerwetter hält weiter an – auch als die Tage kürzer werden. Ein heißer Wind bläst über meinen Heimatboden und ich habe ständig Durst. Das Steppengras wird brüchig. Büsche verdorren und lassen die Blätter fallen. Die Gabelböcke ziehen fort, das Rotwild wird selten. Wasservögel heben in langen, lärmenden Linien vom Boden ab und fliegen salzwärts. Bäche und Tümpel trocknen aus. Ihr schlammiger Boden bricht auf, zerkrümelt und wird fortgeweht. Die, die bleiben, fressen Salbei und hoffen auf Regen.

Old Jack ist der älteste, der am stärksten vernarbte unter den Hengsten meiner Heimatgewässer. Er hat schon andere harte Sommer erlebt. Letztes Jahr sagte er in der Trockenzeit: »Ich habe schon Schlimmeres gesehen!« Und: »Der Regen kommt.«

Dieses Jahr sagt er: »Es reicht! Wir können nicht bleiben.« Er sucht den Himmel nach Anzeichen für einen Wetterwechsel ab. »Es gibt einen besseren Ort«, meint er. »Einen sichereren.«

Er versammelt all seine Eselstuten. Meine Spielgefährten unter den Esel-Jährlingen reihen sich mit ihren Müttern ein und er führt sie davon.

»Wohin geht ihr?«, rufe ich ihnen nach.

»Sturmwärts«, antwortet Old Jack. »Ein alter Esel hat mal von einem Ort erzählt, wo es nur einen Berg gibt, der ganz für sich steht. Mit einem eilig dahinströmenden Fluss, einer weißen Salzwüste und keinem von euren lästigen Menschen.«

»Wie weit ist das?«, frage ich und versuche, mir einen einzelnen Berg, der ganz allein steht, vorzustellen. Alle Berge, die ich kenne, stehen in einer Reihe mit ihren Bergbrüdern.

»Spielt keine Rolle, wie weit«, sagt Old Jack. »Wir müssen hier fort.«

»Fort. Fort«, murmeln seine Eselstuten. »Um unserer Fohlen willen müssen wir fort.«

»Bevor es zu spät ist«, erklärt Old Jack. Und er führt seine Familie sturmwärts in eine Wolke von aufgewirbeltem Staub.

Die Tanten grämen sich wegen seines Fortgangs. Sie murren über die überfüllten Wasserstellen. Sie sorgen sich um den Winterregen, der sich verspätet.

»Wir brauchen neue Wasserstellen«, sagt Tante Gale entschieden.

»Verborgene Wasserstellen«, sagt Mutter.

»Es gibt eine Quelle«, kann Storm sich nicht zurückhalten. »Ich weiß den Weg.«

Doch es ist Tante Gale, die uns führt. Wir laufen langsam den einen Hang hoch und den nächsten runter, quer durch die brütende Hitze. Als die Sonne in Richtung Horizont sinkt, bildet jedes Grasbüschel und jeder Stein einen langen Schatten, der in die Richtung zeigt, wo die Sonne wieder aufgehen wird. Wir bleiben stehen, so wie wir es immer tun, um uns der untergehenden Sonne zuzuwenden und ihr für Licht und Wärme zu danken. Wir wandern weiter im Licht des aufgehenden Mondes, in der Kälte der Nacht und schließlich im Verblassen der Sterne. Die kleine Frost taumelt vor Müdigkeit, als wir endlich die geheime Quelle erreichen.

Es ist eine Sickerstelle, verborgen in der steilen Spalte zwischen zwei Felsen. Das Wasser sprudelt aus dem Boden und ergießt sich über einen breiten gefleckten Stein. Ein grüner Streifen Gebüsch und Gras beschattet das Rinnsal. An dem Stein kann immer nur ein Pferd trinken. Rain geht als Erste, damit sie Frost Milch geben kann. Dann ist Gale dran und ihr folgt Mutter. Danach kommt Storm und als Nächste Frost.

Die Sonne steht bereits über den Bergen, als endlich ich dran bin.

»Danke«, murmele ich, wie es alle Pferde tun, und senke mein Maul an den Stein.

Ich schlürfe, schlecke und lecke. Ich könnte den ganzen Tag so dastehen und trinken, doch unser Hengst wartet schon und Wasser will geteilt sein.

Herausforderung

Wir bleiben den ganzen Tag an der Quelle, ruhen aus, trinken langsam in kleinen Schlucken und suchen nach salzigem Felsgestein zum Lecken. Der nächste Tag ist noch wärmer und trockener. Wir bleiben. Der Tag darauf ist heiß, trocken und windig. Die Wintersterne gehen auf, doch der Winterregen bleibt aus.

»Ist der Regen jemals so spät gekommen?«, fragt Storm.

»Noch nie«, antwortet Tante Gale.

Die Stuten werden stiller – sogar Storm. Sie stehen im Schatten und fressen Salbei. Langsam, geduldig. Frost quengelt, weil sie Milch will, und der Hengst murrt über unser hartes Schicksal. Er jagt mich vom Wasser fort, damit die Stuten trinken können. Eines Tages wird er mich für immer vertreiben. Wenn es nicht regnet, wird der Tag schon bald kommen.

Ich versuche, mich nicht zu beklagen, bewege mich nicht

so viel, damit ich weniger brauche. Ich lenke Frost mit dem Stöckchenspiel ab. Ich knabbere an Mutters Hals, um ihr Linderung zu verschaffen. Ich helfe, die Herde zu überwachen.

Ich bin der Erste, der den Falben sieht, als er in die Schlucht läuft. Seine Nüstern weiten sich, und er wiehert erleichtert, als er das Wasser riecht. Der alte Hengst steht zwischen dem Neuankömmling und der Quelle.

»Es gibt nicht genug Wasser«, sagt Thunder. »Finde deine eigene Quelle.«

Ich spüre, wie mir ein Schauer bis in die Hufe geht. Wasser soll man teilen – doch in der Trockenheit muss ein Hengst das Wasser für seine Herde verteidigen.

Ich mache einen Schritt nach vorn, um mich an die Seite von unserem Hengst zu stellen, damit wir gemeinsam unsere Herde verteidigen. Mutter zwingt mich mit einem scharfen Blick, abzudrehen.

»Spar dir deine Kräfte«, sagt sie. »Du wirst sie noch ganz und gar für dich alleine brauchen.«

Der Falbe beugt den Hals und macht einen großen stinkenden Haufen. Dann verteilt er ein paar Tritte in die Luft. Thunder weicht nicht zurück. Lässt selbst einen Haufen fallen. Starrt den Eindringling böse an. Dann hält er absolut still. Ich habe diesen Trick schon öfter gesehen. Unser Hengst liebt es, einen Kampf hinauszu-

zögern, bis der jüngere Hengst anfängt, an Thunders Stärke zu zweifeln und in seiner Wachsamkeit nachzulassen.

Ich schaue zu und warte. Ich will, dass der junge Hengst verschwindet. Ich will das ganze Wasser für meine eigene Herde. Doch ich weiß, meine Zeit wird kommen. Vielleicht schon bald. Wenn ich bleiben will, muss ich lernen, gegen unseren Hengst zu kämpfen und ihn zu besiegen.

Der Falbe wählt das Nach-hinten-Austreten, eine Taktik, die sich für ein junges Pferd mit kräftigen Beinen eignet. Aber Thunder ist groß. Er hebt den Kopf aus dem Weg und lässt die Tritte auf der Brust landen, wo die Muskeln am kräftigsten sind. Der Falbe braucht ein besseres Manöver, wenn er gewinnen will.

Storm beobachtet ruhelos jede Wendung des Kampfs und würde gern selber zutreten. Die Stuten stehen abseits, wachsam, mit schmalen Lippen.

Unser Hengst hat mehr Kämpfe für sich entschieden, als es Sterne am Nachthimmel gibt. Seine Schmerzen und Narben beweisen das. Aber was, wenn er diesmal verliert?

Wir sind so durstig. Wir müssen diese eine Quelle verteidigen. Selbst Stuten kämpfen in der Trockenzeit.

Der Falbe schreitet. Zeigt seine Zähne. Probiert noch einmal das Austreten. Thunder wartet auf seinen Moment. Er vergeudet keine Energie auf einen Tritt, den er nicht sicher landen kann.

Storm verliert die Geduld. Sie kommt aus dem Schatten. Ihr silbriges Fell schimmert im Sonnenlicht wie das klare Wasser in einem Teich. Sie dreht sich zu dem Falben um. Ihre weiße Mähne wogt im Wind. Sie hält den Schwanz hoch und wiehert leise.

Der junge Hengst wirft einen Blick in ihre Richtung.

Blitzschnell bäumt Thunder sich auf, tritt vor und lässt sich mit seinem ganzen Gewicht auf die Schultern des Aufschneiders fallen. Ein besserer Kämpfer hätte diese Aktion vorhergesehen. Ein besserer Kämpfer wär ausgewichen, hätte den alten Hengst mit der ganzen Wucht ins Leere sacken und voll auf seinen knirschenden alten Knien landen lassen.

Doch der Halbstarke stürzt unter dem Gewicht unseres Hengstes. Ich zucke vor Mitleid zusammen, als er taumelnd wieder auf die Beine kommt, die Scham abschüttelt und davontrottet.

»Gut gemacht«, murmelt Storm vor sich hin, während sie an ihren Platz im Schatten zurückkehrt.

»Mutig gekämpft«, sagen die Stuten.

»Irgendwann wirst *du* uns alle führen«, sage ich zu Storm.

Eindeutig ist dies das verborgene Geheimnis für den Sieg – ein aufrichtiger Freund. Wie könnte ich je eine so mutige und ehrliche Gefährtin wie Storm verdienen? Jemanden wie sie werde ich nie wieder finden.

Unser Hengst ist nach seinem Kampf durstig. Er trinkt lange von der Quelle. Als Nächstes sind die Stuten dran, so wie es sein soll. Bis endlich ich an der Reihe bin mit Lecken, ist der Stein kaum mehr feucht. Die Gräser um die Quelle herum sind zu einem trockenen Goldton verblichen. Und wo einmal weicher Matsch war, der Wolken von weißem und blauem Geflatter anzog, ist jetzt nur noch bröselnder Erdstaub übrig.

Ich senke den Kopf zu der Quelle. Ich atme meine Dankbarkeit so vorsichtig aus, wie ich nur kann. Dann lecke ich, warte. Ganz allmählich sprudelt das Wasser empor. Ich sehe zu Mutter und den Tanten, die die letzten Grashalme fressen. Morgen wird alles verschwunden sein. Wir sollten weiter. Unsere Art, dem Wasser zu danken, heißt weiterzuziehen. Doch wohin? Nichts außer Regen wird uns retten.

Ich schnuppere am Fell meiner Mutter, um Trost zu finden. Sie ist schon ganz mager und knochig. So wie wir alle. Der Hengst sollte mich fortjagen. Noch heute. Wenn ich weg bin, bleibt mehr Wasser für die Stuten. Mehr Wasser für Frost und Storm.

Aber Thunder ist erschöpft von dem Kampf. Ausgelaugt von zu vielen Tagen mit viel zu wenig Wasser.

Jetzt könnte ich ihn besiegen. In der Hitze des Tages hätte

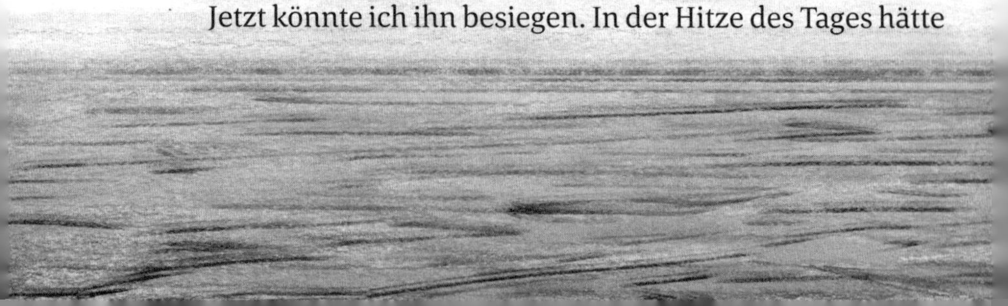

ich eine Chance. Ich weiß genau, welches Knie ihm Probleme macht. Ein niedrig gehaltener Tritt und er würde zu Boden gehen.

Ich kaue Salbei. Ich denke nach.

Ich will nicht kämpfen. Ich will nur bleiben.

Thunder kann die Herde viel besser verteidigen als ich. Eines Tages werde ich vielleicht kräftig genug sein, um sie anzuführen, aber noch bin ich nicht so stark.

Ich muss tun, was das Beste für uns alle ist.

Auch wenn es nicht das ist, was ich will.

»Ich werde jetzt gehen«, flüstere ich Mutter zu. »Ich muss.«

»Es ist Zeit«, stimmt sie mir zu. Sie lehnt ihren Kopf an meinen und atmet tief ein. »Ich werde dich nie vergessen, mein strahlender Sky.«

Ich atme auch ein und schließe die Erinnerung an ihren Geruch tief in mein Inneres. Dann gehe ich zu Rain, zu Gale und zu Frost und tue dasselbe.

Storm wartet abseits der andern. Sie schenkt mir kleine Halsknabberer. Ich schnaube ihr gegen die Ohren.

»Geh nicht«, sagt sie. »Das Einzige, was wir brauchen, ist Regen.«

Wenn es nur stimmen würde. Ich will, dass es so wäre. Aber Hengstfohlen sind dazu geboren, fortzugehen. Ob wir es wollen oder nicht.

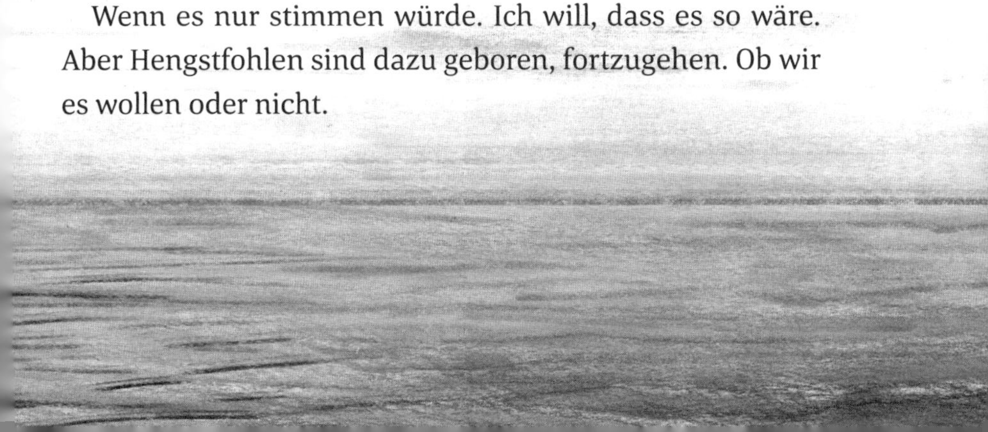

Dem Regen nachjagen

Ich drehe mich um und entferne mich von der Quelle, von meiner Familie, von Storm. Jedes Mal, wenn ich den Kopf wende, schaut sie mir hinterher.

Ich folge den ganzen Tag lang dem Bergkamm. Als die Hitze zu schlimm wird, suche ich eine Kiefer und stelle mich in ihren Schatten. Ich döse in dem scharfen Geruch des Baums, der mich umgibt. Irgendwann wache ich auf und kratze mir Hals und Schultern am rauen Stamm. Dann laufe ich weiter. Während die Hitze steigt, entdecke ich dunkle Wolken am Horizont. Der Wind pfeift durch die Salbeibüsche und fährt mir mit seinen kühlen Federn über den Rücken. Büschel von trockenem Gras biegen sich. Werfen Samen ab. Schwingen zurück. Ich atme Sturmgeruch ein. Die Wolken breiten sich aus. Ihre Unterkante wird flach und schwarz.

»Beeil dich, Regen!«, rufe ich.

Ein Donner rollt auf mich zu. Der Geruch des Beinah-Regens knistert in der Luft. Wolkenschatten jagen über den Bergkamm.

Der Regen wird kommen, mach ich mir Mut. Das weiche Gras wird wieder wachsen. Die Bäche werden anschwellen und die Hänge hinabschießen. So wie letztes Jahr und das Jahr davor. Ein weiteres schweres Donnergrollen zieht durch die Berge. Ein greller Blitz zackt in der Luft zwischen den Wolken.

Ich recke die Hufe zum Himmel. Ich rufe mit meinem ganzen Körper den Regen herab. Er fühlt sich so nah an. Blitze zucken über den Himmel, direkt vom Donner gefolgt. Ich zittere vor Erwartung.

Regen fällt auf den Horizont, da, wo die Sonne immer aufgeht. Er fällt in dichten grauen Linien aus den Wolken zur Erde.

»Beeil dich, süßer Regen«, sage ich.

Wieder ein zuckender Blitz. Näher. Ich rieche die verbrannte Luft. Donner lässt den Boden erzittern.

Aber hier – noch immer kein Regen.

Ich kann keine Sekunde länger warten und jage auf das Gewitter zu. Mein Kopf pocht vor Durst. Meine Zunge fühlt sich wie Sand an. Doch je mehr ich renne, desto weiter zieht der Regen fort. Schließlich lässt auch das Gewitter nach; bei Sonnenuntergang ist es vorbei. Und ich trotte weiter durch die Steppe.

Unterwegs versuche ich, nicht an meine Familie zu denken. Hengstfohlen wie ich sind dazu geboren, dem Horizont nachzujagen. Aber jeder Schritt holt sie zurück in mein Gedächtnis: Mutter, meine Tanten, Frost und Storm. Vor allem Storm. Ich bin ihr mein ganzes Leben lang gefolgt. Sie entschied die Richtung, in die wir wollten. Sie plante die Spiele, die wir spielten. Ich folgte. Jetzt suche ich jedes Mal, wenn ich einen Gipfel erreiche, nach ihr.

Ich war noch nie allein im Dunkeln. Ich laufe langsam, damit ich nicht stolpere. Jedes plötzliche Geräusch lässt meinen Lebenspuls rasen. Ich traue mich nicht, die Augen zu schließen oder stehen zu bleiben, um zu rasten.

Bei Sonnenaufgang bin ich erschöpft. Schließlich erreiche ich die Stelle, wo es gestern geregnet hat. Die durstige

Erde hat jeden Tropfen verschlungen. Aber Salbei bewahrt das Wasser in seinen schmalen grauen Blättern. Ich laufe von einem Salbeistrauch zum nächsten und lecke jeden kostbaren Tropfen auf. Es reicht nicht annähernd, doch der Geruch von nassem Salbei gibt mir Hoffnung.

Ich habe noch nie alleine versucht, Wasser zu finden. Ich suche den ganzen Tag und sehe nur Staub, Steppengras, Salbei und Felsen. Ich trotte. Stöbere. Ruhe aus. Ein Vogelschwarm, blaugrau und lärmend, begleitet mich und flattert von Busch zu Baum. Sie schenken ihren Gesang gelassen dem Wind. Vielleicht finden ja Sorgen keinen Halt an Wesen, die fliegen können.

Am nächsten Tag bin ich vor lauter Durst nicht mehr klar im Kopf. Ich kicke gegen ein Grasbüschel. Schnaube meinen Frust heraus.

Nach langem Nachdenken sage ich zu dem langohrigen Hoppler, der über den Boden jagt: »Wasser fließt von oben nach unten.« Er erstarrt, als er mich sieht.

Ich drehe die Ohren in seine Richtung, doch er weiß nichts von verborgenen Bächen und geheimen Quellen. Hoppler braucht man nicht zu fragen. Sie zieht es nicht ans Wasser wie alle, die auf Hufen laufen.

Wasser mag Schluchten lieber als Bergkämme, erinnere ich mich.

»Ich sollte hinunter in die Schluchten, um nach Wasser zu suchen«, sage ich in die Luft um mich herum. Meine Ohren drehen sich von vorn nach hinten und ein nervöses Zucken steigt mir in die Beine. Eine Schlucht mit ihren überhängenden Felsen ist das perfekte Versteck für eine Krallenbestie. Sie lauern da oben mit ihren Zähnen und ihren blutrünstigen Gedanken. Ein einzelnes Pferd ist leichte Beute.

Ich fresse ein Maulvoll Salbei und überdenke meine Möglichkeiten. Eine Biene summt vorbei auf der Suche nach Blumen. Es ist besser, keine Bienen zu fressen. Sie haben etwas Spitzes an ihrem einen Ende, das dich wie ein Tritt gegen die Zähne trifft. Ich sehe zu, wie die Biene von Stängel zu Büschel schwirrt. Ihre Regel, was Blumen angeht, muss die gleiche sein wie unsere in Bezug auf Wasser – nimm, was du brauchst, und zieh weiter.

»Wasser macht Geräusche«, sage ich zu der Biene. »Von oben auf einem Bergkamm, wo es der Krallenbestie nicht so gefällt, könnte ich es besser hören.«

»Und Wasser hat einen Geruch«, erinnere ich mich laut. »Es macht Dinge grün. Von oben könnte ich das sehen.«

Ich mache mich auf den Weg weiter hoch.

Den ganzen Tag laufe ich den Bergkamm entlang. Ein Ohr und ein Auge halte ich starr zu Boden gerichtet, damit ich ja nicht auf einen Schlängler trete. Jeden Felsvorsprung suche ich gründlich ab nach dem goldenen Fell der Krallenbestie, nach ihren schwarz geränderten Augen, dem langen Schwanz mit der schwarzen Spitze. Ich laufe in eine Schlucht und steige zum nächsten Bergkamm hinauf.

Eine Herde von Gabelböcken grast in der Ferne. Nirgends ein Baum oder ein Ansatz von Schatten weit und breit. Hitzeschimmer flimmern. Vom nächsten Bergkamm aus sehe ich eine Schlucht mit einem Ansatz von schwachem Grün in der Mitte. Der Wind trägt mir einen leisen Hauch von frischem Gras zu.

Ich bewege mich auf die Stelle zu.

Schaue mich um, ob es Probleme geben könnte.

Horche auf Gefahr.

Je näher ich komme, desto lauter klingt das Wasser. Als ich die Schlucht endlich erreicht habe, klettere ich zu dem Bach hinunter – so durstig, dass ich vergesse, nach Gefahren Ausschau zu halten. Ich trinke und trinke, bis ich spüre, wie sich mein Bauch dehnt. Ich schlendere an dem Bach entlang und reiße immer wieder ein Maulvoll Gras aus. Der süße Rausch lässt mich die Hufe werfen.

»Stopp! Warte!«, ruft eine vertraute Stimme mir zu.

Ich erstarre.

»Storm? Bist du das?«

»Natürlich bin ich das«, antwortet sie.

Ich laufe zurück, springe über den Bach und jage den anderen Hang hoch. Oben angekommen, bäume ich mich aus lauter Freude auf. Storm streift ihre Wange an meinem Hals ab und legt dann den Kopf auf meine Schulter. Ich seufze vor Erleichterung.

»Du bist gegangen?«, frage ich. »Stuten verlassen die Herde doch nicht.«

»Eine Stute kann sich entscheiden«, antwortet Storm.

»Und du hast dich für ...« Ich wage es nicht auszusprechen. Hat Storm mich erwählt? Mich? Der den Hengst nicht besiegt hat?

»Das Wasser reicht nicht«, sagt Storm. »So ist ihre Chance größer. Für Frost und für Gale, für alle.«

Ich denke an Mutter. Vielleicht hätte ich ja doch gegen den Hengst antreten und sie alle hierherführen sollen.

Storm gibt mir einen tröstenden Stups. »Ich wusste, du würdest Wasser finden«, sagt sie. »Ich hab es ihnen gesagt. Und siehst du, da ist es!«

Das muntert mich auf. »Ja, ich bin meinen Nüstern gefolgt und –«

»Trink«, sagt Storm und übernimmt wie immer das Kommando. »Und dann lass uns eine offenere Stelle finden, wo wir gefahrlos ausruhen können.«

Wir trinken unseren Anteil. Storm führt mich aus der Schlucht in ein offenes Gelände. Wir stehen Hüfte an Schulter zusammen und halten füreinander Wacht. Das letzte Licht des Tages fällt auf unsere Rücken und wir wenden uns der Sonne zu. Wir dämmern vor uns hin und wachen auf in der Wärme des andern, als die Sterne über den Himmel ziehen. Ich hoffe, dass all meine Tage so werden wie dieser, nur wir zwei, Storm und Sky, die wir unseren Weg finden. Zusammen.

Gefangennahme

Am nächsten Morgen laufen wir den Bach entlang. Als es warm wird, sind wir froh, in der Nähe von Wasser zu sein. Am Ufer wächst frisches Gras, doch schon ein paar Schritte weiter ist der Boden braun und tot. Wir fressen im Laufen.

Laufen.

Grasen.

Ausruhen.

Um die Mittagszeit ziehen sich auf der Sturmseite des Horizonts Wolken zusammen. Das Versprechen auf Regen bläst uns entgegen.

»Ein bisschen Salz wär jetzt nicht schlecht«, sagt Storm.

Wir suchen im offenen Gelände nach den gelbgrünen Salzbüschen. Wir schmecken den Wind, ob er einen Hauch davon enthält. Storm und ich können überall hingehen. Überall! Gestern habe ich Gegenden gesehen, in denen ich noch nie war. Heute könnten wir etwas vollkommen Neues entdecken. Und morgen kann alles geschehen. Allein der Gedanke daran lässt mich vor Freude zittern.

Wir sind so auf Salz konzentriert, dass wir die Spuren zuerst gar nicht sehen. Doch bald sind es zu viele, um sie zu ignorieren – Spuren von Pferden und auch von Gabelböcken. Ich betrachte sie genauer. In ihrer Mitte liegt der merkwürdigste Felsstein, den ich je gesehen habe. Er ist oben glatt wie ein Teich, ringsum an den Seiten auch.

»Was ist das?«, fragt Storm.

»Komischer Stein«, antworte ich.

Ich betrachte ihn aus etlichen Schritten Entfernung, um mich zu vergewissern, ob es auch wirklich ein Felsstein ist. Storm schnuppert. Dann berührt sie ihn mit dem Huf.

»Riecht vertraut«, sagt sie und leckt dran.

»Salz.«

»Schaut aber nicht aus wie ein Salzstein, den ich schon mal gesehen habe.«

»Und wenn schon«, antwortet Storm. »Ist auf jeden Fall salzig.«

Wir nehmen ihn, wie er ist, und lecken genüsslich.

Kurz darauf spüren wir, dass sich der Boden bewegt. Ich drehe die Ohren in alle Richtungen. Drei Pferde traben auf uns zu. Sie zwicken sich gegenseitig und spielen, während sie näher kommen. Eine Schar von Bruderhengsten. Als sie uns fast erreicht haben, weichen wir zurück. Salz soll man teilen, genauso wie Wasser. Kein Pferd – egal wie groß – hat das Recht, alles für sich zu beanspruchen.

Zwei der Brüder sind Braune mit weißen Sternenpunkten am Hinterteil, der andere ist hell, so wie Storm, mit kastanienbraunen Flecken am ganzen Körper. Sie schubsen und zwicken sich, aber schließlich leckt der mit den meisten Kampfspuren als Erster. Als er fertig ist, tritt er näher an Storm heran und wirft den Kopf, um auf sich aufmerksam zu machen.

Ein Knall wie von einem Blitz birst aus einem Gebüsch in der Ferne. Wir wirbeln herum in Richtung des Lärms. Ein Jaulen wie von einer ganzen Heulermeute dringt aus dem Gebüsch. Pferde stürmen hervor, direkt auf uns zu. Menschen sitzen auf ihren Rücken und reiten sie, wie es eine Krallenbestie tun würde.

»Rennt!«, schreit das gefleckte Pferd. Es prescht davon zum Horizont. Seine Brüder folgen ihm.

Die Menschen auf den Pferden jagen über die Steppe wie Feuer. Ich drehe mich um und renne los, Storm direkt neben mir. Bei jedem Schritt werfe ich den Hals vor und zurück. Der Schwanz ist nach hinten gestreckt. Die Augen schießen hin und her, vorwärts, rückwärts, und spähen nach einem Stein oder Graben, der mich aus dem Tritt bringen könnte. Wir holen die Brüder ein und fliegen an ihnen vorbei. Die Pferde und Menschen kommen näher. Sie sind groß und schnell. Die Menschen haben die Pferde nicht getötet, wie es eine Krallenbestie getan hätte. Kein Biss in den Hals. Keine Krallen tief in die Rücken versenkt.

»Spring zur Seite!«, schreit Storm und schwenkt ab.

Ich schere in die andere Richtung weg. Die Brüder stürmen weiter geradeaus. Einer der Reiter folgt mir und erhöht das Tempo. Er schneidet mir den Weg ab. Ich jage zurück in die Mitte. Die Bruderhengste rasen direkt neben mir über die Steppe.

»Zu viele, um gegen sie anzukommen«, keucht ihr Anführer.

»Schnelligkeit ist unsere Rettung«, sage ich.

Und für eine Weile stimmt das. Wir wenden uns als Gruppe erst in die eine, dann in die andere Richtung. Wir

sind schneller als die Reiter. Doch sie bleiben dicht an uns dran.

Sie sind schwerer als wir und keuchen.

»Wir können es schaffen!«, schrei ich.

»Folg mir!«, ruft Storm.

Vor uns liegt ein Canyon. Er wird uns ausbremsen, doch wir können bestimmt irgendwo an der Steilwand hochklettern. Einen Pfad, den die größeren Pferde nicht schaffen.

Ich lege noch einmal Tempo zu. Folge Storm. Die Gruppe der Brüder hängt sich an mich dran.

Zusammen rennen. Zusammen atmen. Zusammen fliegen.

Ich könnte für immer so dahinjagen!

Wir laufen in den Canyon. Unsere Hufe hallen von den Felsen zurück. Wir verlangsamen das Tempo nur so weit, um einen Weg nach oben aus dem Canyon herauszufinden. Die Felswände scheinen sich in Richtung Schlucht zu neigen. Sie bieten uns Schatten, doch keinen Fluchtweg.

Die Reiter preschen in den Canyon hinein, uns hinterher. Harter, flacher Boden liegt vor uns, mit nicht mal viel Salbeigesträuch zum Ausweichen.

Merkwürdig.

Die Wände des Canyons winden sich und werden enger.

»Sackgasse!«, ruft Storm.

»Dreh um!«, ruf ich.

Wir tun es, doch die Wände des Canyons stehen wie Klippen um uns herum.

»Gefahr! Gefahr!«, rufen die Brüder.

Die Menschen johlen und heulen. Sie bilden eine Reihe, um unsere Flucht zu verhindern. Ich suche verzweifelt die Felswand nach einem Ausweg ab.

»Wir kommen an ihnen vorbei!«, ruft Storm.

»Lauft schnell!«, schreien die Brüder.

Ich drehe mich um, spanne die Muskeln.

Die Reiter sind vor mir und Storm ist an meiner Seite. Ich senke den Kopf und jage los, rase in ihre Reihe hinein. Storm und ich brechen durch. Mein Lebenspuls wummert wie Donner. Ein paar von den Reitern jagen an mir vorbei, noch immer den Brüdern nach, doch einer wendet. Schon bald ist er mit mir gleichauf. Das Ende des Canyons und die offene Steppe liegen vor mir. Der Horizont liegt vor mir. Ich bin noch nie so weit und so schnell galoppiert. Ich rufe den Wind an, damit er mir Tempo gibt. Ich weite die Nüstern, um mehr Luft zu kriegen. Schnelligkeit ist meine einzige Hoffnung.

Ich jage davon. *Jaaa!* Ich richte den Blick starr auf den Horizont.

Die Freiheit ist so nah!

Etwas fliegt über meinen Kopf. Tief über den Kopf.

Etwas Langes und Dünnes.

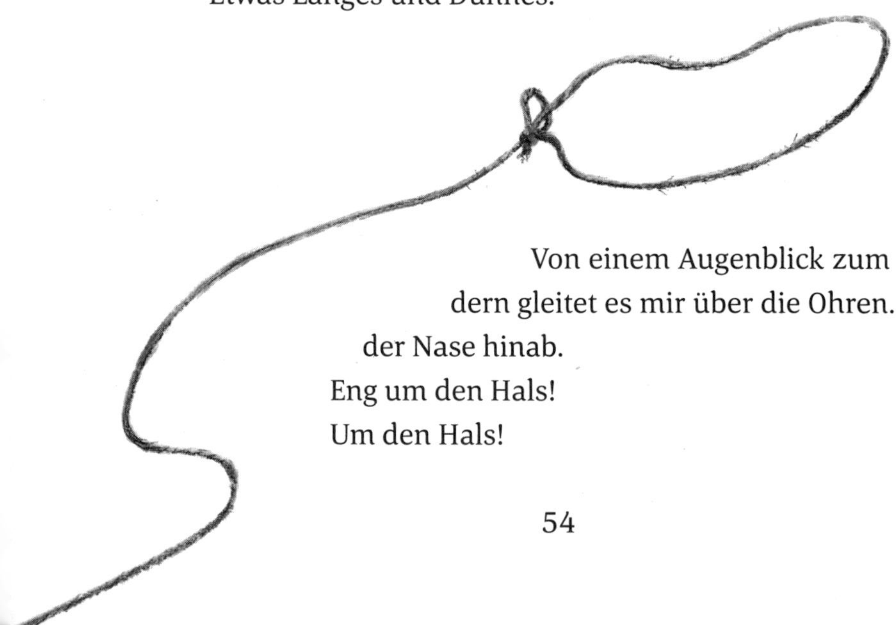

Von einem Augenblick zum andern gleitet es mir über die Ohren. An der Nase hinab.

Eng um den Hals!

Um den Hals!

Ich schüttle den Kopf, um mich von dem Ding zu befreien, doch es wird immer enger.

Ich keuche nach Luft. Es reißt mich zurück. Stark wie ein strömender Fluss.

»Aufhören!«, schrei ich. »Lass mich los!«

Ich schüttle den Kopf. Das Ziehen gräbt sich in meinen Hals wie eine Kralle.

Das Pferd hinter mir wird langsamer.

Ich werde langsamer.

Ich weigere mich, stehen zu bleiben. Ich weigere mich, gefressen zu werden! Ich renne weiter, aber langsamer. Meine Beine zittern; ich keuche nach Luft.

Das Pferd hinter mir bleibt stehen.

Das Ziehen schneidet tief in den Hals.

Meine Vorderlaufe gehen hoch. Hoch. Hoch. Und über mich weg.

Ich lande hart auf dem Rücken.

Das Ding um meinen Hals führt direkt zu dem Pferd mit dem Reiter. Ich rapple mich zitternd auf. Sehe sie an. Ziehe an dem Ding. Sie rühren sich nicht.

»Lasst mich los!«

»Sie lassen uns nie los«, sagt das Pferd.

Ich scheue zurück. Suche nach Storm. Das Pferd ist größer als ich und schwarz wie eine mondlose Nacht. Doch es hat keine Kampfspuren wie ein Leithengst.

Vielleicht weiß der Hengst vor mir nicht, wie man kämpft. Vielleicht kann ich gegen ihn kämpfen und ihn besiegen. Ich kicke in seine Richtung. Ich bäume mich auf. Das schwarze Pferd rührt sich nicht.

»Gegen das Seil zu kämpfen, bringt dir nur Schmerz«, sagt es.

»Nein!«

»Sie werden dich nie freilassen.«

»Wie erträgst du ein Wesen – das Wesen da oben – auf deinem Rücken? Wie eine Krallenbestie!«

Das Pferd macht einen Schritt auf mich zu.

»Es gibt mir zu fressen«, antwortet es.

»Ich kann selbst Fressen finden«, schnaube ich.

»Es gibt mir Wasser.«

Ich schnaube verärgert. Allein ist Wasser viel schwerer zu finden, als ich gedacht hatte.

Das schwarze Pferd kommt auf mich zu. Ich weiche zurück. Es dreht sich um und das Seil zwischen uns wird kürzer. Es geht und zieht mich neben sich.

Ich folge ihm zurück zum Canyon. Die Gruppe der Brüder ist mit einem anderen Seil

zusammengebunden und kämpft noch um einen Ausweg. Storm ist bei ihnen. Die Canyon-Wände blockieren unsere Flucht.

»Beruhigt euch«, sagt das schwarze Pferd. »Gebt auf.«

Storm und die Brüder drehen sich, drängen und taumeln. Verängstigt. Wütend. Ich kann sie nicht retten. Gefahr droht von allen Seiten und wir können nirgendwohin.

Der Canyon

Die Menschen ziehen Äste vor den Eingang zum Canyon. Sie gehen und holen weitere Äste, stecken sie aufrecht in den Boden, um eine Falle zu bauen, und nehmen mir das Seil ab. Storm sucht die Seitenwände des Canyons ab, ob es irgendwo trittsichere Stellen oder einen geheimen Pfad gibt. Doch die Klippen sind glatt und schroff. Wir laufen in unserer engen Falle im Kreis, Panik wächst. Ein trockener Wind bläst durch den Canyon. Es gibt keinen Horizont. Nur einen Streifen Himmel über uns, der sich von Blassblau- zu Bernsteinfarben verändert.

Die Menschen steigen von den Pferden. Sie stehen auf ihren Hinterbeinen und lehnen sich gegen die Sperre. Mit den Vorderläufen zeigen sie auf uns und krächzen wie Schwarzvögel. Die Pferde, auf denen sie geritten sind, stehen abseits, die Köpfe gesenkt, und fressen. Sie haben eine Art Schlinge um ihren Hals. Ein Riemen läuft unter den

Bauch. Auf dem Rücken hängt ein dickes Ding, auf dem die Reiter gehockt haben. Seile führen um Maul und Kopf und am Hals entlang.

»Was jetzt?«, ruft einer der Brüder.

»Wohin?«, fragt ein anderer.

Sie drehen sich zu Storm, als ob sie schon eine Anführerin wäre.

»Beruhigt euch«, antwortet sie entschlossen. »Spart eure Kräfte.« Sie bläst ihre Angst aus den Nüstern und saugt einen Atemzug Ruhe ein.

Es gibt kein Fressen, denke ich. *Und kein Wasser.* Ich sage solche Dinge nicht laut, zwinge meine Beine, stehen zu bleiben. Auch ich blase die Angst aus den Nüstern, doch der nächste Atemzug birgt nicht ein Fitzelchen Hoffnung.

»Aber die Krallenbestie«, sagt der gefleckte Bruder und sucht die obere Kante des Canyons ab. »Jeden Moment kann sich hier eine auf uns stürzen.«

Das schwarze Pferd schnaubt verächtlich. »Keine Sorge«, antwortet es. »Die Krallenbestie meidet die Nähe der Menschen.«

»Menschen sind klein«, sagt eines der anderen Pferde. »Doch sie haben Kraft.«

Storm tritt an meine Seite, sie wirft verwegen ihre Mähne und ich lasse mich von ihrem Mut anstecken.

Die Menschen lösen die Sitze von den Pferden, aber nicht die Schlingen um ihre Köpfe. Eins nach dem andern werden sie weggeführt, um zu trinken, und wieder zurückgebracht.

Ich rieche das Wasser auf ihrer Haut, wenn sie zurückkommen. Ich kann ihr Wohlbehagen fühlen.

Für uns gibt es kein Wasser.

Die Menschen machen in ihrer Mitte ein Feuer. Doch anstatt sich in einer Flammenlinie auszubreiten und das Gras mit dem Tempo des Windes zu entfachen, bleibt dieses Feuer im Kreis der Menschen. Funken steigen in die Luft, Rauch, doch das Feuer flieht nicht vor den Menschen.

Wer sind diese Wesen, die sogar das Feuer bändigen – die stärkste Kraft, die es gibt?

Die Wut in mir wächst. *Ich darf nicht zulassen, dass sie Storm kriegen. Nicht meine Storm!*

Sie ist mir gefolgt. Sie hat mir vertraut.

Wir müssen fliehen!

Ich werde einen Weg finden.

Als der Mond aufgeht, liegen die Menschen am Boden, und ich höre die schweren Atemzüge des Schlafs. Ich prüfe die Äste, die das Ende der Falle blockieren. Sie liegen gestapelt, werden aber von nichts gehalten. Wenn ich Hilfe hätte, könnte ich sie wegschieben. Nicht alle. Doch genügend, um drüberzuspringen.

Wir machen einen Plan. Wir warten, bis das silberne Auge des Mondes über den Rand des Canyons wandert und sein Licht über uns ausgießt. Der Mond wandert weiter und der Boden des Canyons liegt wieder im Schatten.

Ich gehe zur schwächsten Stelle des Hindernisses. Die anderen stellen sich neben mich. Dann trete ich mit den

Hinterbeinen kräftig gegen die Äste. Storm und die Brüder tun es mir gleich. Das Knacken, wenn ihre Hufe auf Holz treffen, hallt durch den Canyon. Äste lösen sich und rollen vom Stapel herab. Die Menschen wachen auf. Storm läuft einmal im Kreis, um Tempo zu gewinnen. Ich trete erneut gegen das Hindernis. Noch ein Ast fällt.

»Jetzt!«, rufe ich Storm zu.

Sie nimmt mit voller Kraft Tempo auf. Hebt die Vorderläufe. Drückt die hinteren fest in den Boden. Sie räumt das Hindernis frei und ich zögere einen fatalen Moment lang vor Bewunderung ihrer Stärke.

»Mir nach!«, ruft sie, während sie aus dem Canyon jagt. »Mir nach! Mir nach!«

Die Brüder sind direkt hinter ihr. Einer überspringt das Hindernis locker. Der andere bekommt einen Schlag gegen das Schienbein, bevor er auf der anderen Seite landet.

Die Menschen springen auf die Beine und brüllen. Einer reitet davon, Storm und den Brüdern nach.

Der gefleckte Hengst springt und schafft es nicht. Er landet hart, direkt vor mir. Ich weiche ihm aus, laufe noch einmal im Kreis und springe. Das Feuer lodert auf. Überall an dem Hindernis stehen jetzt Menschen mit brennenden Stöcken in ihren Greifern. Ich bäume mich auf, statt zu springen. Ich sehe, wie Storm und die zwei Brüder die Öffnung des Canyons erreichen und dann im Dunkel verschwinden.

Der eine, der gestürzt ist und mir den Weg versperrt hat, richtet sich mühselig auf. Er wimmert vor Schmerz und gibt sich alle Mühe, nicht zu zeigen, dass er lahmt. Ich schaue in die Dunkelheit, wo ich Storm das letzte Mal sah.

»Möge der Wind an ihrer Seite sein«, flüstere ich den Sternen zu, »ihr Geschwindigkeit geben und sie weit, weit forttragen.«

Bei Sonnenaufgang kehren ihre Verfolger alleine zurück.

»Sie ist frei!«, sage ich zu dem gefleckten Hengst.

»Was für eine großartige Springerin!«, antwortet er. »Und so eine Schönheit.« Er wiegt sich hin und her, um sein verletztes Bein zu entlasten. »Sie ist mutig, wie meine Brüder. Möge der Wind sie begleiten.«

Meine Trauer ist zu groß, um etwas zu antworten. Ich könnte noch viel mehr aufzählen. Ohne Storm fühlt sich alles leer an.

Ameisenhaufen

Ich verspreche dem Wind, dass ich niemals aufgeben werde.

Ich schwöre den Sternen, ich werde fliehen.

Doch tagelang tun der gesprenkelte Hengst und ich überhaupt nichts. Anfangs haben wir den Kopf oben und beobachten jede kleinste Bewegung der Menschen, horchen auf

jedes Zirpen und Trippeln, schnuppern in der Luft nach einem Hinweis. Doch es geschieht nichts.

Die Sonne vollführt ihren täglichen Galopp über den Himmel. Der gefleckte Hengst erzählt mir, er habe seine Herde vor ein paar Jahreszeiten verlassen. Sie hatten ihn Fire genannt, wegen der Flecken in seinem weißen Fell, die wie Funken von einem brennenden Baum wirken. Ich dachte, er wolle sich mit mir kabbeln, wie Bruderhengste das tun. Doch er will nur frei sein.

»Ich hätte den Allein-Berg niemals verlassen sollen«, sagt Fire. »Wir hatten alles: Wasser, Salz, Platz zum Laufen und keine von diesen ... Wesen.« Er wirft einen Blick auf die Menschen.

»Hat dein Hengst dich vertrieben?«, frage ich.

Er schnaubt schwer gegen die schmerzende Erinnerung an. Fire ist so viel größer als ich, doch sein Hengst hat ihn trotzdem verjagt. Welche Hoffnung bleibt mir da?

»Und du?«, fragt Fire. »Du musst stärker sein, als du aussiehst, wenn Storm die Stuten ihrer Herde für dich verlassen hat.«

»Wir sind zusammen stark«, antworte ich und erzähle ihm von meinen Heimatgewässern und meiner Herde. Von den Menschen, die kamen, und dem Regen, der nicht kam.

Nach ein paar Tagen ziehen die meisten Menschen und Pferde ab. Nur das schwarze Pferd und mit ihm sein Reiter bleiben. Wir werden hungriger. Durstiger. Für das schwarze

Pferd gibt es jeden Tag zu fressen und Wasser, aber nicht für uns. Wir trösten uns gegenseitig mit Halsknabbern und mit Geschichten von zu Hause.

Am Ende schweigen wir. Die Köpfe gesenkt.

Wir hoffen auf Fressen und Wasser.

Wir wissen, es wird nichts geben.

Eines Morgens, während die Schwarzvögel lauthals Kreise über den Canyon fliegen, kommt der Mensch in die Falle. Er hat einen Behälter dabei, wie ihn die Kiefernzapfen-Sammler verwenden, um die Kiefernkerne fortzutragen. Doch dieser hier ist voll Wasser. Ich kann es riechen. Ich atme ein, als könnte ich durch die Nüstern trinken. Der Mensch streckt seinen Greifer ins Wasser und hält ihn mir dann entgegen. Ich höre jeden Tropfen fallen, so wie beim ersten Regenversprechen, und mache einen Schritt auf ihn zu.

Selbst der Stärkste von uns ist nur so stark wie sein letzter Schluck Wasser.

Ich lecke es von dem Greifer des Menschen und er legt mir eine Schlinge um den Hals. Ich wehre mich nicht. Ich würde gerne. Aber ich habe nur noch Kraft dafür, einfach dazustehen. Ich senke meinen Kopf in den Wasserbehälter und trinke ihn aus. Und dann öffnet der Mensch die Falle und zieht mich hinüber zu dem schwarzen Pferd.

»Der Mensch gewinnt immer«, sagt der Schwarze. »Zu fliehen bringt dir nur Schmerz.«

Er riecht von oben bis unten nach Mensch. Der Mensch berührt ihn auch ständig. Die Schlinge um seinen Kopf hat ein hartes, rasselndes Teil, das direkt durchs Maul führt. Ich schaudere bei dem Anblick.

»Ich gehe jetzt besser«, sagt der Schwarze. »Wenn du mir folgst, werden sie dir nichts tun.«

Der Mensch bindet mich an den Schwarzen, der trotz all der Dinge, die er mitschleppt, schnell wirkt.

»Wenn wir zusammen weglaufen, kriegen sie uns nie«, sage ich. »Ich führe dich zu meinen Heimatgewässern und dort wirst du frei sein.«

Er stampft hart mit dem Fuß auf gegen meinen Plan. »Du wirst nie *das* da bekommen, wenn du fortrennst«, antwortet er und deutet mit dem Kopf auf einen Sack am Boden. Er ist vollgefüllt mit dem saftigst duftenden … Irgendwas.

Nicht Gras.

Nicht Gezweig.

Das schwarze Pferd nimmt den Kopf zur Seite und lädt mich ein. Ich lecke dran. Ein Maulvoll dicker, knuspriger Dinger, so ähnlich wie Grassamen, geht mir die Kehle runter, bevor ich auch nur überlegen kann, ob es gefährlich ist, davon zu fressen.

Mutter hat immer gesagt, ich soll nur ein kleines bisschen von einer neuen Pflanze fressen, die ich nicht

kenne, und dann abwarten, ob sie mich krank macht. Aber ich kann nicht abwarten. Ich schlinge das nächste Maulvoll des knusprigen Zeugs hinunter und dann noch eins. Noch nie hat etwas so gut geschmeckt – und mir so ein schales Gefühl gegeben.

Kurz darauf wird auch Fire eingefangen und hinter mich gebunden. Wir bewegen uns aus dem Canyon wie zwei Fohlen, die ihrer Mutter folgen. Wir laufen den ganzen Tag. Während der Zeit im Canyon hat es nicht ein einziges Mal geregnet. Die Steppe ist inzwischen noch trockener. Wir finden ein paar Bäche zum Trinken, doch das Wasser ist warm und flach. Egal wie hoch das Gras, wie schmackhaft das Gestrüpp ist oder wie sehr ich ziehe, damit er stehen bleibt, der Schwarze läuft einfach weiter. Er grast kein einziges Mal.

Die Schatten werden lang und wir laufen noch immer, bergauf, bergab. Sobald ich wieder bei Kräften bin, werde ich wegrennen. Aber heute bin ich so wackelig auf den Beinen wie ein neugeborenes Fohlen. Ich halte Ausschau nach den Zeichen und Gerüchen, die mich nach Hause führen werden, wenn ich irgendwann fliehe.

Wir laufen auch im Mondschein weiter. Mein einziger Trost ist, dass Storm frei ist. Nur einmal bleiben wir stehen, um vor uns hin zu dämmern, und ich träume von meinen Heimatgewässern. Der Mensch lässt uns selbst zum Schlafen an das schwarze Pferd gebunden.

»Komm mit«, flüstere ich ihm zu. »Wenn wir zusammen weglaufen, werden sie nie mehr auf deinem Rücken reiten.«

Der Schwarze schnaubt laut gegen den Plan und der Mensch dreht sich um und öffnet die Augen.

Meine Hoffnung auf Freiheit schwindet wie die Sterne am Morgen.

Am nächsten Tag kommen wir zu einem riesigen Ameisenhaufen aus lauter Menschen.

Reihen von erdfarbenen Blöcken stehen zu beiden Seiten eines quadratischen Felds. Menschen überqueren das Feld, einer neben dem andern wie Vögel am Himmel. Sie laufen von einem Block zu einem andern, gehen hinein und kommen wieder heraus. Hinter den Blöcken stehen Pferde zusammenpfercht in einer großen Falle. Daneben liegt eine kleinere, leere Falle. Hinter den Pferden erheben sich große, riesige Bäume mit im Wind flimmernden Blättern. Nur ein Fluss kann so hohe Bäume hervorbringen.

Fire und ich folgen dem schwarzen Pferd und dem Reiter. Die anderen Menschen nehmen uns gar nicht wahr, sondern laufen nur in ihren Reihen. Old Jack hat recht. Was Menschen tun, ergibt keinen Sinn.

Wir werden zu einer langen Box geführt, die mit Wasser gefüllt ist. Wir strecken den Kopf hinein und trinken. Danach führt man uns in die kleinere Falle und bindet uns los.

Ich bäume mich auf, schlage den Kopf von einer Seite zur andern, dankbar, mich wieder bewegen zu können, wie ich will. Fire und ich rennen am Rand der Falle entlang, doch die Menschen schließen das Tor. Wie sehr ich mit dem Kopf und mit den Schultern auch drücke, es wird nicht aufgehen.

»Wo sind wir?«, fragt Fire. »Was wird aus uns?«

Alle Pferde in der größeren Falle neben uns sind schwarz oder von dunklem Kastanienbraun mit schwarzer Mähne. Wir beobachten die neue Herde genau. Es sind keine Fohlen oder Jährlinge darunter, deshalb gibt es keinen Hinweis, wer die Leitstute ist. Die Pferde stehen zusammen und blinzeln in die Sonne. Sie schlagen mit ihren Schwänzen die Fliegen fort, doch es gibt kein Kräftemessen, nicht mal ein Necken oder Spielen.

Merkwürdig.

Nach einer Weile kommt ein Maultier vorüber, das einen Karren mit trockenen Grasbündeln zieht. Ein Mensch wirft ein Bündel in die größere Falle. Die Pferde sammeln sich zum Fressen. Sie wechseln sich nicht ab. Niemand steht Wache.

Sehr seltsam.

Ein kleineres Bündel wird in unsere Richtung geworfen. Fire und ich eilen hin und fressen. Wir sind immer noch schwach von der Zeit im Canyon. Trotzdem wechseln wir uns ab und halten Ausschau nach Gefahr, während wir versuchen, die Tage ohne Fressen auszugleichen. Ich horche auf das Zirpen und Krächzen der Menschen und sehe: Obwohl sie viele verschiedenfarbige Mähnen haben, tragen sie alle die gleiche nachtblaue Farbe um ihre Haut gewickelt.

Ein Mensch geht in die größere Falle. Bei seinem Anblick jagen die anderen Pferde davon wie ich vor einem Schlängler. Er schwingt einen biegsamen Stock in Richtung des Pferdes, das am nächsten zu ihm steht, und das Pferd springt hoch wie von einer Biene gestochen. Der Mensch brüllt herum und stößt und presst mit dem Stock, bis alle Pferde in einer Ecke stehen, zitternd vor Angst, doch ohne die Flucht zu wagen.

»Schau dir das an«, sage ich zu Fire. »Der Mensch mit dem Stock ist ihr Hengst.«

Feuerstock

Die Menschen an diesem neuen Ort sind überall um uns herum. Ihr Gewimmel, Geklapper und ihr seltsamer Geruch kommen von allen Seiten. Aber Fire und ich können den Blick nicht von dem Menschen bei den Pferden in der größeren Falle wenden. Ein anderer Mensch legt ein Seil um den Kopf von jedem Pferd und führt sie zu einem Block, der im Innern dunkel ist wie eine Höhle. Sobald sie drinnen sind, kann ich sie nicht mal mehr riechen. Ich ahne auch nicht, welche Schrecken dort lauern. Sie werden keinen Horizont sehen können oder wissen, von wo Gefahr droht.

Ein Pferd wird zu einem Pflock geführt und festgebunden.

»Pass auf!«, ruf ich ihm zu.

Das Pferd weicht nicht zurück, als der Mensch herankommt. Ich warte, dass es austritt. Ich spanne die eigenen Muskeln, bereit, einen Treffer für ihn zu landen. Es wirft den Kopf hoch, als ob nichts Schlimmes geschähe.

»Gefahr!«, rufe ich.

Der Mensch reibt es überall ab. Das Pferd lässt es geschehen. Stöhnt sogar, als wäre es ein spielerisches Knabbern oder ein tröstender Stups. Und dann, um alles noch schlimmer zu machen, hebt der Mensch den Huf des Pferdes hoch und hält ihn in seinen Greifern. Trotzdem wehrt sich das Pferd nicht.

Rätselhaft!

»Wir müssen hier weg«, sage ich zu Fire.

»So viele Menschen«, antwortet mein Bruder mit einem nervösen Schlagen des Schwanzes.

»Vielleicht später«, sage ich und prüfe den Boden auf der Suche nach dem besten Fluchtweg. »Wenn sie schlafen.«

»Bei Anbruch der Dunkelheit«, stimmt er zu.

Einer der Männer entzündet ein Feuer in einem Steinkreis. Ich weiche zurück, doch ich rieche noch immer den Qualm und höre das Knacken. Der Mensch legt einen langen, geraden Stock ins Feuer. Der Stock ist zu gerade für einen Ast. Und er brennt auch nicht wie ein Ast, sondern wird nur orangefarben wie

die glühende Kohle, die tief in einem Scheit haust, nachdem die Flammen verlöscht sind.

Fire und ich stehen Hüfte an Schulter, um Wache zu halten, doch als der Mensch auf mich zukommt, gibt es kein Entkommen. Der Mensch nimmt meine Leine und zieht meinen Kopf vorwärts. Ich bäume mich auf und schlage nach ihm. Er duckt sich zur Seite. Ich schnaube vor Wut und reiße gegen den Zug an. Der Mensch zerrt zurück. Ich senke die Ohren und starre ihn mit meinem wildesten Blick an.

»Ich bin nicht dein Hengstfohlen!«, schnaube ich. »Wer bist du, dass du *mir* Kommandos gibst?«

Der Mensch zerrt weiter an meinem Kopf. Ich recke den Hals vor, mache aber keinen Schritt in seine Richtung. Er ist hartnäckig, doch ich bin schwerer. Gerade als der Mensch bereit scheint, aufzugeben, trete ich einen Schritt nach vorn und verpasse ihm einen perfekten Tritt.

Wenn er ein Pferd wäre, hätte ich einen soliden Treffer gelandet. Aber Menschen sind biegsame Wesen und sie können herumhüpfen wie ein Vogel. Mein Kick landet im Leeren. Ich bäume mich erneut auf, doch ein zweiter Mensch wirft mir eine weitere Leine über den Kopf. Zusammen ziehen sie mich in eine Ecke der Falle. Ich reiße und trete, doch sie öffnen das Tor und pressen die Stangen gegen meine Flanke, sodass ich eingeklemmt bin.

Ich schnelle die Ohren vor und zurück. Um mich herum sind Geräusche, die ich noch nie gehört habe. Der Qualm von dem Feuer treibt in meine Richtung und ich kann nicht vor ihm weglaufen.

»Renn!«, sage ich zu meinem Bruder. »Jetzt!«

Er stürmt auf das offene Tor zu, aber es sind Menschen im Weg, die mit den Händen wedeln. Er dreht einen Kreis, um Anlauf zu nehmen, doch die Falle ist zu klein. Er knallt in die Stangen. All seine Kraft reicht nicht aus, um sie niederzureißen.

Ein Mensch kommt mit einem Stock auf mich zu. Der Stock hat ein glühendes Ende.

»Nein!«, schreie ich. »Aufhören!«

Die Menschen halten mich zwischen den Stangen fest und drücken den Stock in meine Schulter. Zuerst spüre ich nichts. Eine Wolke von bitter schmeckendem Rauch zieht über mich weg und dann – oh, dieser Schmerz!

Dieses Brennen.

Schärfer und tiefer als jeder Biss.

Ich trete und schreie.

Von einem Moment auf den andern ist es vorbei. Die Menschen lassen mich los. Ich sprinte in die gegenüberliegende Ecke der Falle – mit zitternden Beinen. Ich schwinge den Kopf nach hinten, um die erhöhten Ränder der Wunde zu sehen.

Sie blutet nicht wie ein Biss. Und um ehrlich zu sein, schmerzt sie auch nicht wie ein Biss, noch lange nachdem die Zähne aus dem Fleisch wieder raus sind. Doch die Erinnerung an den Schmerz werde ich nie mehr loswerden.

Aber das ist nicht das Schlimmste.

Jetzt ist mein Bruder dran, von dem Feuerstock gebissen zu werden. Direkt vor meinen Augen. Nichts in meiner Macht wird ihn davor bewahren.

Ich sehe, was ich vorher nicht sehen konnte. Ich rieche seine Angst. Spüre, wie mir seine Panik durch den eigenen Körper schießt. Als sich der Feuerstock seiner Haut nähert, erlebe ich noch einmal diesen Schmerz. Den Schmerz und die Scham, ihn nicht beschützen zu können – nicht aus der Falle auszubrechen und fortzurennen in Richtung Horizont.

Ich schließe die Augen, doch ich kann den Schrei nicht überhören, den mein Bruder hervorstößt. Und nachdem es vorbei ist, hängt der bittere Brandgeruch in der Luft.

Vor dem Folgenden hätte meine Mutter mich sicher gewarnt. »Sei vorsichtig«, hätte sie gesagt. »Spar deine Kraft.«

Ich will fortrennen.

Ich will dem Horizont entgegenjagen und nie mehr zurückschauen.

Doch es gibt keinen Fluchtweg. Deshalb tue ich, was Thunder tun würde. Nicht was er mir gesagt hat, denn er sprach nur wenig. Doch das, wofür er lebte und wofür er eines Tages sterben würde.

Verteidige deine Herde. Was immer es kostet.

Und deshalb: Als der nächste Mensch in die Falle kommt … mit einem Stein, der an einem Stock befestigt ist; als er meinen Bruder am Huf packt und den Huf festhält;

als er den Steinstock nimmt und ihn fest auf die Hufsohle schlägt –

warte ich nicht;

bin ich nicht vorsichtig;

sondern tue, was ein Hengst für seine Herde tun muss. Ich stoße den Menschen nieder, nehme seinen Greifer ins Maul, beiße fest zu, bis ich das Knacken brechender Knochen höre.

Es tut mir nicht leid.

Ich würde es immer wieder tun.

Flatternde Dinge

Nachdem ich den Greifer des Menschen gebrochen habe, nachdem er flattert und kreischt wie ein Vogel und ihn ein anderer Mensch an den Schultern packt und aus der Falle führt – lassen uns alle allein.

Den ganzen Tag über und die ganze Nacht stehen Fire und ich Schulter an Schulter. Wir wiegen uns gegenseitig zum Trost. Ich erzähle ihm von den Wegmarken zu meinen Heimatgewässern und er erklärt mir den Weg zu dem Allein-Berg. Es ist nicht der Schmerz, der mich wach hält. Ich leide, weil ich gekennzeichnet bin. Auf eine Weise

gekennzeichnet, die sich durch kein noch so langes Wälzen im Staub oder Im-Regen-Stehen wieder entfernen lässt. Ich leide darunter, zu wissen, dass ich nicht frei bin.

Am Morgen kommt ein Mensch in einem braunen Umhang mit einer breiten Kopfbedeckung zu der Falle. Sein Pferd ist eine Rotschimmel-Stute mit dem gleichen Brandmal wie meines. Der neue Mensch bindet mich an die Stute.

Nur mich.

Er lässt Fire zurück.

»Warte!«, ruft Fire. »Geh nicht!«

Die Rotschimmel-Stute läuft los, doch ich stemme mich gegen sie, um bei Fire zu bleiben. Die Stute zieht. Sie ist groß genug, um mich wegzuziehen, ob ich will oder nicht. Ich kann nicht gewinnen, doch ich kann sie um jeden Schritt kämpfen lassen.

Der Reiter macht einen zirpenden Laut. Die Rotschimmel-Stute stampft gegen meine Bockigkeit an.

»Geh, wohin dich die Menschen bringen, dann wirst du nie wieder Durst haben«, sagt sie.

Der Mensch öffnet die Falle und führt mich heraus. Der Horizont liegt vor mir. Mit ihm entsteht ein Funke Hoffnung und vielleicht eine Chance zur Flucht. Es wird wesentlich leichter sein, im offenen Gelände zu fliehen.

Fire sieht meine Chance.

»Geh«, sagt er. »Renn los, wenn sie gerade nicht hinschauen.«

Er hat recht, doch ich zögere.

»Auch ich werde fliehen«, sagt Fire. »Versprochen.«

Ich folge der Stute aus der Falle. Mein Bruder ruft meinen Namen, als ich davonziehe. Immer wieder schaue ich über die Schulter. Jedes Mal ist er kleiner geworden, bis ich ihn schließlich gar nicht mehr sehe und der ganze Lärm des Ortes weit hinter uns liegt.

»Wer bist du?«, frage ich die Rotschimmel-Stute, als wir auf die Berge zulaufen.

»Meine eigene Herde nannte mich Cloud, wie die Wolke.«

»Sky«, antworte ich. »Meine Familie nennt mich Sky.«

Wir wenden uns dem Sonnenuntergangs-Horizont zu.

»Gehen wir zu deinen Heimatgewässern?«, frage ich.

Cloud wird still, als wir durch die Salbeisteppe trotten.

»Ich habe meine Heimatgewässer schon lange nicht mehr gesehen«, sagt sie schließlich. »Ich würde den Weg zurück nicht mehr finden.«

Ich beschließe, auf jede Wegmarke und jede Geruchsmarkierung zu achten, um meine Familie immer wiederfinden zu können.

»Du bist nicht sehr groß«, sagt Cloud. »Aber du siehst aus, als ob du ein Läufer wärst. Bist du schnell?«

»Ich falle bestimmt nicht zurück«, antworte ich.

Cloud wiehert zustimmend. »Dieser Mensch da wird dich gut behandeln, wenn du schnell laufen kannst.«

Es liegt eine Kühle in der Morgenluft. Bald werden die großen Regen kommen. Sie müssen kommen. Bald werden die Tage auch noch kürzer und winzige Eisblumen werden an allen Halmen und Ästen kleben. Auch meine Heimatgewässer werden einen Rand aus Eis haben.

Der Mann in dem braunen Umhang stößt einen zirpenden Laut aus, so wie es die kleinen gestreiften Gesellen tun, wenn sie eine Nuss finden.

»Das Zirpen heißt ›auf geht's‹«, erklärt mir Cloud.

»Menschen können sprechen?«

Ich schaue kurz hinüber. Der Mensch hat eine weißschwarze Mähne, sein Gesicht ist runzlig wie eine Eidechse und starr wie ein Stein. Nicht ein Mal bewegt er die Ohren. Oder wirft die Mähne. Oder stülpt die Lippen. Er bläst nicht die schlechten Sachen an und haucht nicht über die guten.

»Einfache Wendungen«, sagt Cloud. »Versuch sie nicht durcheinanderzubringen.«

Der Mensch zirpt wieder. Er beugt sich auf seinem Sitz vor. Cloud wechselt in einen Trab und dann in einen leichten Galopp. Eine Geschwindigkeit, um Strecke zu schaffen, ohne dabei außer Atem zu kommen. Der braune Umhang des Menschen flattert im Wind. Ich ducke mich vor dem Flattern, wie man sich vor einem Habicht ducken würde, der sich auf ein Kaninchen stürzt.

»Lass das«, schnaubt Cloud. »Ist bloß ein Wärmer, den sich Menschen über die Haut legen. Sie tragen alle möglichen Umhänge. Die Wärmer flattern auf eine Art, die ich nicht mag. Aber hör zu: Kein Pferd ist je von so einem Umhang, wie ihn die Menschen tragen, angegriffen, gefressen oder auch bloß angeknabbert worden.«

»Ich mag nichts Flatterndes«, antworte ich entschieden.

»Gewöhnst du dich dran«, sagt Cloud.

Ich werde fliehen und nie mehr an Menschen und ihre flatternden Sachen denken, sage ich mir und falle in Clouds Schritt ein. Es tut gut, zu rennen. Gut, ringsherum auf allen Seiten Horizont zu haben.

Als wir an einem Fluss anhalten, um unseren Durst zu löschen, trinkt die Stute als Erste. Während wir warten, bis wir dran sind, berührt der Mensch meine Schulter. Ich scheue zurück und wende den Kopf nach einer Möglichkeit, zu fliehen. Wenn ich mit Trinken dran bin, wird mich der Mensch losbinden und dann … Freiheit!

»Er tut dir nichts«, sagt Cloud, während ihr noch das Wasser vom Kinn läuft.

Ich glaube ihr nicht.

Aber der Mensch beißt mich tatsächlich nicht. Oder tritt. Ich weiß zwar nicht, wie ein Mensch kräftig zutreten soll, wenn er immer nur zwei Beine am Boden hat und die vorderen beiden bloß nutzlos herumhängen. Der Mensch tätschelt mich wieder. Ich versuche, still zu halten, aber meine Haut zuckt.

Cloud macht Platz für mich am Wasser, doch der Mensch lässt mich angebunden. Ich starre ihn an.

»Mach schon«, sagt Cloud. Während ich trinke, stampft sie die Hufe fest ins Ufer. Und egal, wie sehr ich reiße, ich komme nicht frei.

Wir ziehen weiter, und als die Sonne ganz oben am Himmel steht, bleibt der Mensch an einem Stück Gras stehen und lässt uns fressen. Das Gras ist hart und trocken, aber die Samenköpfe sind prall und schmackhaft.

Der Mensch bindet etwas hinter seinem Sitz los. Es ist grau und rund wie ein Holzklotz. Er bringt es herüber und lässt es mich anschauen, dann rollt er es aus.

Noch so ein Flatterzeug.

Ich hasse Dinge, die flattern.

Und ich drehe mich zu dem Menschen um und sage so deutlich wie möglich: »Ich. Will. Das. Nicht!«

Er gibt keine Antwort. Ich bin beim besten Willen nicht davon überzeugt, was Cloud sagt. Dass Menschen tatsächlich reden können. Der Mensch wirft das graue flappende Ding einfach über meinen Rücken!

»Ich hab gesagt: *Nein!«,* brüll ich ihn an, bäume mich auf, soweit es die Leine zulässt. Kein Platz zum Austreten, deshalb steige ich ihm auf den Fuß. Nur dass der Mensch zur Seite springt, ehe ich ihn erwische.

Menschen sind in der Mitte sehr biegsam und schneller, als sie aussehen. Für so dürre und krallenlose Wesen sind Menschen echt nicht leicht zu erschrecken.

»Ist ein Wärmer«, sagt Cloud und starrt mich an. »Hat nirgendwo Zähne oder Krallen, versprochen.«

Ich trage den grauen Wärmer für den Rest des Tages. Die Luft wird kälter, und es wird auch dunkler, als sich die Wolken des Nachmittagsgewitters zusammenziehen. Der Wind beruhigt mich nicht. Nach einer Weile holt der Mensch einen Sack mit süßlich duftenden Knusperstücken hervor. Doch anstatt mich aus dem Sack fressen zu lassen, taucht er seine eigenen Greifer hinein und streckt sie mir dann entgegen. Der saure Geschmack der Menschen-Greifer ist zu viel für mich. Ich weiche zurück.

»Du wirst Hunger kriegen«, sagt Cloud, während sie die Greifer gründlich ableckt.

Sie hat recht. Ich habe jetzt schon Hunger. Der Wind

frischt immer mehr auf und der Weg wird steiler. Ich teste die Leine, die mich an Clouds Seite hält. Meine Kraft reicht nicht aus, dass sie reißt.

»Mal angenommen, du fliehst«, sagt Cloud. »Du bist jetzt ein gekennzeichnetes Pferd, genau wie ich.«

Ich schuddere am ganzen Leib, als ich an den Feuerstock und den Brandgeruch zurückdenke. »Was bedeutet das denn, gekennzeichnet zu sein?«, frage ich.

»Die Menschen sind jetzt deine Herde«, antwortet sie. »Egal wie weit du fortläufst, jeder Mensch, der dich findet, wird dich zurückbringen.«

»Nein«, sage ich.

»Du wärst nicht der Erste, der es versucht«, sagt Cloud behutsam. »Aber du wirst es nicht schaffen. Kein Pferd schafft das.«

Alle Hoffnung zu fliehen erstirbt in mir. Ich wende mein Gesicht in Richtung der untergehenden Sonne, doch ich empfinde keine Dankbarkeit, nicht mal für das Licht, wenn mein eigener Horizont für immer dunkel bleibt.

Das Stopp-und-Go

Als wir für die Nacht anhalten, bewegt Cloud den Kopf in meine Richtung, – eine Einladung, mich zum Trost in der Dunkelheit neben sie zu stellen. Ich wende mich ab. Wenn ich nicht frei sein kann, finde ich auch in Gesellschaft keinen Trost. Ich lege mich in den Staub und wünsche mir, dass die Erde mich verschlucken möge.

Sie tut es nicht.

In meinen Träumen jage ich mit Storm an meiner Seite den Horizont entlang. Aber es ist Cloud, die mich weckt, und der Mensch, der mich zum Aufstehen zwingt. Ich laufe weiter, unempfänglich für den schwebenden Vogel und das Zirpen und den Tiefflug des gelbköpfigen Schwarzvogels oder den roten Lichtschein des Morgens.

Doch als der Tag langsam fortschreitet, erwacht eine leichte Neugier in mir. »Wohin gehen wir?«, frage ich.

»Zu deinem Stopp«, antwortet Cloud.

»Meinem Stopp?«, frage ich.

»Du wirst jetzt an einem Stopp leben. Ist nicht so schlecht da«, sagt Cloud.

»Wann kommen wir an?«

»Wenn wir fertig sind mit dem Go.«

Ich schnaube laut gegen diesen Stopp-und-Go-Unfug an.

»Niemand weiß, warum Menschen von einem Stopp zu einem Go reisen«, gibt Cloud zu. »Das Fressen geschieht am Stopp. Laufen im Go. Am Stopp gibt es kein Laufen und im Go kein Fressen.«

Das macht überhaupt keinen Sinn. Ein kluges Pferd bleibt stehen, wenn es irgendwo einen verheißungsvollen Flecken mit Fressen findet. Doch den ganzen Tag über galoppieren wir an lauter gutem Fressen vorbei, ohne auch nur ein einziges Mal anzuhalten.

Wir überqueren einen Bach. Das Wasser strömt nur langsam und ist warm wie all die anderen Bäche, aber ein paar Schlucke sind besser als nichts. Die Berge sehen aus wie die bei meinen Heimatgewässern. Gras und Salbei weiter unten, blättertragende Bäume in der Mitte und Nadelbäume kurz vor der Kuppe. Wir halten ganz oben an.

Ein riesiger See liegt vor uns, himmelblau, mit Bergen dahinter. Keine mit runden Kuppen wie zu Hause, sondern schroffe graue, die oben ganz weiß sind. Höher als Wolken. Ich habe sie noch nie so nah vor mir gesehen.

Als wir näher an den See herankommen, versammeln sich Menschen auf dem Weg. Einige reiten Pferde. Andere sitzen auf Lasten, die von Schleppern gezogen werden. Der Mensch in dem braunen Umhang macht den zirpenden Laut und wie beim letzten Mal wechselt Cloud aus dem Schreiten in einen gleichmäßigen Galopp. Zum ersten Mal in meinem Leben empfinde ich keine Freude am Laufen. Der Mensch zirpt noch einmal und Cloud jagt voll los.

Ich halte mit.

»Je schneller du rennst, desto besser behandeln sie dich«, ruft mir Cloud im Galopp zu.

Als wir schließlich den Stopp erreichen, ist mir heiß. Ich schwitze und es juckt. Ich wünsche mir nichts sehnlicher als einen Flecken Staub, in dem ich mich wälzen kann. Ein Mensch mit einer grauen Mähne kommt auf uns zu. Er ist eindeutig der Hengst vor Ort, so wie er brüllt. Ein rotbrauner Mensch mit hellbraunem Umhang bindet mich von Cloud los und führt mich weg. Ich frage mich, ob ich sie je wiedersehen werde. Sie ist nicht meine Freundin, nicht wie Fire. Aber trotzdem.

»Geh«, sagt Cloud. »Ich werde in einer Weile wiederkommen und nach dir schauen.«

Der Mensch führt mich auf die Rückseite eines großen Platzes. Es gibt dort eine hölzerne Höhle und eine Falle. Der Mensch wartet, dass ich alles aufnehmen kann. Hinter dem Platz schwanken hohe Bäume im Wind. Sie blockieren die Sicht auf den Horizont. Ich werfe einen Schnupper-Blick in ihre Richtung. Keine Krallenbestie. Trotzdem würde ich mich in offenem Gelände sicherer fühlen.

Der Mensch führt mich vor der hölzernen Höhle, die er »Stall« nennt, auf und ab. Es ist sehr dunkel im Innern, doch ich rieche ein Pferd. Nicht Storm. Auch nicht Mutter oder ein anderes Pferd aus meiner Familie. Ich bin froh, dass ich sie nicht rieche. Froh, dass sie noch frei herumlaufen.

Das Pferd im Stall döst. Allein. Ohne eine Freundin zum Anlehnen. Ohne jemanden aus seiner Familie, der das Geschehen in seinem Rücken im Blick hat. Diese gerittenen Pferde sind ein äußerst seltsamer Haufen.

»He, du! Was ist das hier?«, rufe ich.

Tief in der Dunkelheit öffnet das Pferd ein Auge, seufzt, wechselt auf einen anderen Huf und schläft weiter.

Der Mensch läuft neben mir, er auf den Hinterbeinen und ich, sehr viel klüger, auf allen vieren. Er summt wie ein ganzer Bienenschwarm, erst etwas tiefer, dann höher und dann wieder tiefer. Mein Lebenspuls beruhigt sich und der Mensch bringt mich zum Stehen. Er schaut in den Stall und dann zurück zu mir. Ich schnaube energisch. So etwas werde ich nicht tun! Ein Pferd braucht seinen Himmel!

Ich schnaube laut, um es ihm anzuzeigen. Ich trete aus und reiße an der Leine. Der Mensch bindet mich an den Pflock und geht. Die Leine ist nicht besonders dick, aber deutlich stabiler, als sie aussieht. Vielleicht kann ich sie durch*beißen*. Doch ich habe gerade erst angefangen, an dem Knoten herumzuknabbern, als der Mensch mit Wasser zurückkehrt.

Wasser.

Ein Horizont und Wasser sind alles, was ich brauche.

Ich trinke in großen Schlucken. Und während ich trinke, legt mir der Mensch einen Greifer um den Hals. Ich zittere, doch mein Durst ist zu stark, um auszuweichen. Seine Greifer arbeiten sich an die juckende Stelle direkt am Ansatz der Mähne vor – dorthin, wo Storm immer geknabbert hat.

Woher weiß er das?

Ich schnaube überrascht und er schnaubt zurück. Unter dem hellbraunen Umhang ist sein Fell rotbraun und die Mähne kurz und schwarz. Ich schnuppere an ihm.

Holzrauch, Asche. Trockenes Gras.

Er macht wieder die Bienenstock-Geräusche und bewegt sich ganz langsam.

Dieser Mensch ist wahrscheinlich wie ein alter Hengst, der seine Herde verloren hat. Ich habe gesehen, wie sie allein über die Berge laufen. Wie sie am Wasser warten, bis alle andern getrunken haben. Einige laufen zu zweit rum, doch die meisten verbringen ihre Tage allein. Sie sind nicht bösartig. Ich schnaube wieder, aber ich fürchte ihn nicht.

Er benutzt seine Greifer, um an meiner Mähne knabbern. Es ist so lange her, dass mich dort jemand geknabbert hat! Danach fährt er mir in großen Kreisen über Hals und Schultern. Erde, Steinchen und Stechfliegen lösen sich von der Haut und fallen heraus.

Es fühlt sich gut an. Geradezu wunderbar. Er macht das Gleiche den ganzen Rücken entlang, und ich zucke nur leicht, wenn er in die Nähe meines Brandmals kommt.

Danach holt er neues Wasser für mich. Jetzt, wo die Dämmerung eingesetzt hat, kann ich besser in den Stall hineinschauen. Das schlafende Pferd darin bewegt sich.

»Dann bist du also der Neue«, sagt das Pferd in der Dunkelheit.

»Ich heiße Sky«, antworte ich.

»Nenn mich Blaze, wie die Flamme. Ist hier drinnen sicherer als draußen«, sagt der Hengst und nimmt eine Portion trockenes Gras ins Maul.

Er ist größer als ich. In dem schwachen Licht ist die Farbe seines Fells schwer zu erkennen, doch der weiße Fleck, dem er seinen Namen verdankt, leuchtet deutlich auf seiner Stirn.

»Ein Pferd braucht seinen Himmel«, sage ich entschieden.

Blaze kaut lange und betrachtet mich dabei von oben bis unten. »Nimm dir doch was«, sagt er schließlich. »Du bist ein Wildpferd, richtig?«

Ich weiß nicht, was das Wort »wild« bedeutet. Ich weiß nur, dass ich an einem merkwürdigen Ort weit weg von zu Hause bin. Jedes Heulen und Rascheln aus den Büschen lässt mein Herz rasen. Jeder harmlose Huscher und jeder Nachtvogel wächst sich in meiner Vorstellung zu etwas Riesigem aus.

Ich drehe mich nach ihnen um. Aber dann beginnt etwas Beißendes, Kriechendes an dem getrockneten Gras im Stall herumzuknabbern, und ich drehe mich wieder zurück – ob es nicht doch eine gefährliche Bestie ist, die nur harmlos klingt, aber in Wirklichkeit ein Riese voller Zähne ist.

Die Sterne öffnen ihre leuchtenden Augen in dem dunkler werdenden Himmel. Der Mond geht auf und unter, aber ich schlafe nicht.

Yanks Station, Pony-Express, Kalifornien

Der Lenker

Ein Schwarzvogel saust von einer Kiefer am Rand des Waldes herab und hockt sich auf den Pflock neben mir. Das Morgenlicht verleiht seinen schwarzen Federn einen grünen Schimmer. Es ist der größte Schwarzvogel, den ich je gesehen habe.

»Achte auf die Schwarzvögel«, hat Thunder immer gesagt, als ich klein war. »Sie sehen Gefahren, wo du noch keine siehst.«

Ich halte respektvoll Abstand und beobachte ihn. Der Schwarzvogel hat seinen Blick auf den Ort gerichtet, zu dem die Menschen am Abend vorher gegangen sind. Ich habe schon angenommen, dass von dort Gefahr droht. Kurz darauf kommt der rotbraune Mensch heraus. Er frisst aus seinem Greifer. Der Schwarzvogel stößt einen leisen, kollernden Laut aus, der wie Wasser klingt, das über Steine rollt, und bewegt den Kopf auf und ab.

Gefahr.

Der Mensch gibt selbst ein tief pufferndes Geräusch von sich und ruckt beim Gehen die Schultern hin und her. Dann bleckt er ziemlich deutlich die Zähne.

Beißen Menschen?

Er nimmt ein paar Krümel von dem, was er frisst, und legt sie auf einen anderen Pflock. Der Schwarzvogel fliegt hinüber, schlingt sie hinab und fliegt mit einem kurzen Schrei des Danks davon.

Vielleicht doch keine Gefahr?

Ich betrachte den rotbraunen Menschen sorgsam von oben bis unten und wünschte, der Schwarzvogel wäre ein bisschen präziser gewesen.

Der Mensch lässt mich im Innern der runden Falle frei. Ich fresse die Gräser am Rand, während er das schlafende Pferd rausholt – den rotbraunen Hengst mit dem leuchtenden weißen Fleck im Gesicht. Er ist nicht angebunden, so wie ich es war. Er rennt nicht weg. Dabei hätte er eine gute Chance. Ich suche sein Fell ab und natürlich hat er genau wie ich ein Brandmal an seinem Hals. Also gibt es auch für ihn keine Hoffnung.

Blaze wirkt älter als ich. Er ist groß, doch Mähne und Schweif sind ganz und gar ohne Knoten oder Verfilzungen, was ihn wie ein frisch geborenes Fohlen aussehen lässt.

Der Mensch holt eine rasselnde Schlinge von Leinen aus dem Stall.

»Pass auf!«, rufe ich. »Gefahr!«

Blaze schnaubt mich an, wie man ein neugeborenes Fohlen anschnauben würde, das vor jedem kleinen Huscher zusammenschrickt.

»Das ist ein Lenker«, erklärt er. »Du bekommst auch einen.«

Der Mensch schiebt den Lenker über den Kopf von Blaze. Ein Teil läuft um seine Nase, ein anderer um seine Wangen, Stirn und Ohren.

Mir gefällt der Anblick nicht.

Als Nächstes breitet der Mensch eine Decke über den Rücken von Blaze und platziert obendrauf einen Sitz. Ein Riemen für den Sitz führt unter dem Bauch lang. Blaze zuckt ein bisschen, als der Riemen straff gezogen wird. Trotzdem schlägt und tritt er nicht aus. Sobald der Sitz festgeschnallt ist, greift der Mensch in seinen Umhang und zieht einen kurzen, spitzen Stock raus. Er gibt ihn Blaze und Blaze frisst ihn in einem Stück!

»Was war das?«, frage ich. Stöcke frisst man, wenn man halb verhungert ist.

»Der spitze Leckerbissen«, antwortet Blaze und mampft selig. »Köstlich. Süßer als Blumen! Wenn du etwas gut machst, gibt es so einen Leckerbissen. Manchmal einen runden oder, was am allerbesten schmeckt, die kleinen krümeligen.«

Der Mensch füllt eine Box mit Wasser und lässt Blaze damit allein.

Dann kommt er zu mir in die runde Falle. Ich ducke mich vor ihm weg, trotte am Rand entlang, doch das bringt mich direkt zu ihm zurück. Ich suche nach einer Stelle, um drüberzuspringen. Einer Stelle mit glattem Boden zum Landen. Die Falle ist schulterhoch. Ich weiß, dass ich das niemals schaffen werde.

Storm hat immer Sprungwettbewerbe gemacht. Ich habe einen gehörigen Respekt vor Büschen, die ich überspringen kann, und jede Menge Kratzer und Schnitte abgekriegt, wenn ich mich in der Höhe verschätzt hatte. Trotzdem presche ich auf die Stange los. Meine Schultern schlagen mit einem lauten Krachen dagegen.

Schmerz schießt mir in die Rippen. Ich rapple mich wieder auf.

»So kriegst du keinen spitzen Leckerbissen«, sagt Blaze.

Ich schenke diesem Stöckchenfresser keine Beachtung. Ich schwitze, habe Hunger und mir tut alles weh. Der Mensch steht bei mir in der Falle. Ruhig. Die Vorderläufe hängen an den Seiten herab, der Kopf ist nach unten geneigt. Ich wirble wieder und wieder vor ihm davon, doch er steht jedes Mal wieder da.

Still. Ruhig.

Ich mag Ruhe. Einen Moment lang bleibe ich stehen. Er wartet, ohne sich zu rühren. Ich kreise fort und komme zurück. Schnaube ihn ärgerlich an.

»Lass mich frei!«, sage ich.

»Die einzige Chance, je wieder zu rennen, ist, dass du den Menschen zu deinem Gefährten machst«, sagt Blaze. »Ist nicht so schlimm. Es gibt immer zu fressen.«

»Einen Menschen zu meinem Gefährten?« Ich werfe den Kopf bei der Vorstellung. Wer würde sich diese langsamen, dürren Wesen aussuchen? Ich nicht!

Jedes Mal, wenn ich von meinem Kreisen zurückkomme, sieht er gleich aus: ruhiges braunes Gesicht, hellbrauner Umhang, kurze schwarze Mähne. Schließlich bleibe ich stehen und betrachte ihn genauer.

Er stößt einen gedehnten, langsamen Atemzug aus.

Ich auch.

Seine Augen sind braun, dunkelbraun wie die meiner Mutter.

Nein! Ein Mensch kann kein Gefährte sein. Ich stampfe fest gegen die Vorstellung auf.

Er zieht mit dem Fuß eine Linie in den Boden. Und dann steht er wieder still. Und macht dieses Hummelgeräusch.

»Sie werden dir Wasser geben«, sagt Blaze.

Ich wäre das mutigste Pferd, das je gelebt hat, wenn ich nicht solch einen Durst hätte.

»Niemand mag einen Reiter, aber du gewöhnst dich dran«, sagt Blaze.

Ich blicke dem Menschen scharf ins Auge, mache einen Schritt auf ihn zu.

Er hält mir den spitzen Leckerbissen entgegen.

Ich schnuppere dran.

Lecke.

Schnuppere wieder.

Und dann schnappe ich ihm das Ding aus seinen Greifern. Es knirscht wie ein Stock, doch es schmeckt wie ein junges Frühlingsblatt. Und süß. So süß.

»Das schmeckt unglaublich!«, sage ich, schlucke es runter und schnuppere an dem Umhang des Menschen, ob er nicht noch mehr hat.

»Hab ich dir ja gesagt, dass sie gut schmecken«, antwortet Blaze.

Vielleicht hat er doch recht mit dem Ganzen.

Nachdem ich den Leckerbissen aufgefressen habe, lässt mich der Mensch den Lenker anschauen und legt ihn mir dann um den Kopf. Er macht es sehr langsam und summt dabei die ganze Zeit wie eine Hummel. Dunkle Wolken rollen heran. Als der Wind wechselt,

hört der Mensch auf, lässt mich herumschauen und mögliche Gefahr wittern. Dann schiebt er gemütlich weiter den Lenker über meine Stirn, mein Kinn und um die Nase. Ich schüttle heftig den Kopf, doch der Lenker löst sich nicht. Ich lecke an dem Stück in meinem Maul, doch ich kann es nicht rausschieben.

Der Mensch hält weiter den Lenker fest. Er kommt direkt auf mein Gesicht zu und streichelt meine Nase. Und dann kratzt er mir angenehm die Wange. Ich schnaube nachdenklich. Die Idee des Lenkers gefällt mir nicht. Ganz und gar nicht. Aber er tut nicht weh.

Bevor ich Zeit habe, mich an das Teil zu gewöhnen, erzittert plötzlich ganz leicht der Boden.

Ein rennendes Pferd!

Ich drehe die Ohren vor und zurück. Vor welcher Gefahr rennt das Pferd fort? Ist es nur eines? Sind es viele? Ich teste den Wind, ob er nach Rauch riecht. Im nächsten Moment höre ich das Getrappel von Hufen auf mich zukommen. Ein Pferd. Nur eines. In rasendem Tempo von der Sonnenaufgangsseite des Hofs her. Ich reiße dem Menschen den Lenker aus den Händen. Kreise die Falle entlang. Wie werde ich hier rauskommen, wenn es die Krallenbestie ist? Was, wenn es ein Feuer ist?

»Der Reiter kommt«, sagt Blaze.

»Welcher Reiter?«, frage ich. »Wieso galoppiert er?« Ein vernünftiges Pferd galoppiert nur bei Todesgefahr.

Der Mensch führt Blaze in die Mitte des Hofs.

»Beruhige dich, du Wildfang«, sagt Blaze. »Menschen laufen auf etwas zu, nicht vor etwas weg.«

Ein roter Falbe galoppiert in den Hof. Er bleibt schlitternd stehen und wirbelt eine Staubwolke auf. In Windeseile ist der Reiter von ihm herunter. Eine steife braune Hülle liegt über dem Sitz des Falben. Der Reiter hebt sie herunter und knallt sie auf den Sitz von Blaze.

Blaze wechselt den Standhuf. »Nicht schlecht, nichts Schweres«, sagt er und schaut in den Himmel.

»Wird regnen«, sagt der Rotfalbene und schüttelt den Kopf so stark, dass der Lenker rasselt.

Ein Mensch tritt mit etwas zu trinken für den Reiter aus dem Stopp. Dampf steigt daraus auf und es riecht nicht nach Wasser. Der Reiter trinkt es in einem Schluck.

»Ist das der kastanienfarbene Reiter mit dem hitzigen Gemüt?«, fragt Blaze.

»Genau der«, antwortet der Falbe und atmet schwer. »Ist besser zu ertragen, wenn sie ihm zu fressen geben.« Er dreht dem Reiter verächtlich den Rücken zu.

Sowohl Blaze als auch der Falbe starren die Menschen energisch an, um sie an das Fressen für den Reiter zu erinnern. Die Menschen stehen da, schnattern wie die Kiefernhäher und zeigen auf die Wolken, die von Minute zu Minute immer dunkler werden. Dann springt der Reiter auf Blaze' Rücken.

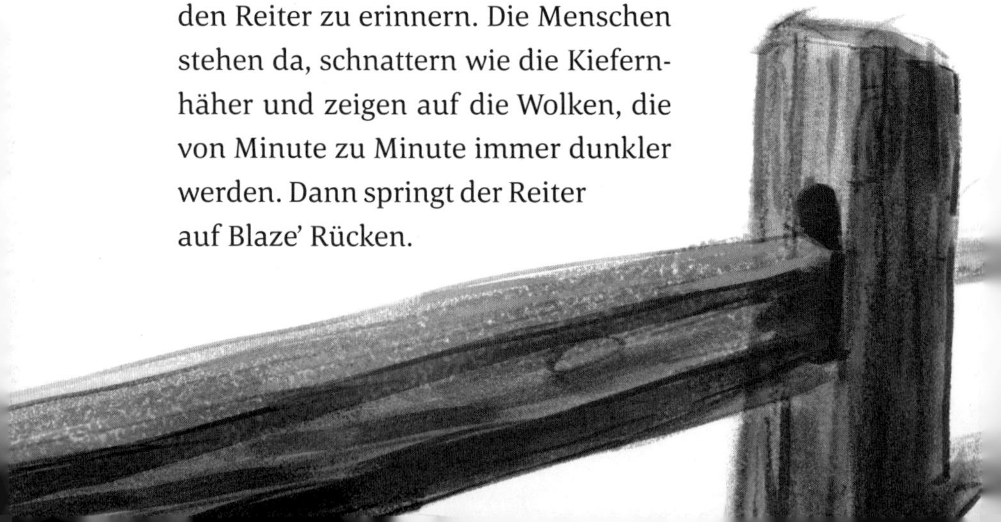

Mein Herz rast. Was soll das heißen, er ist besser zu ertragen, wenn sie ihm zu fressen geben? Besser als was?

Ich stoße dem rotbraunen Menschen gegen die Schulter. Er nimmt ein rundes Teil mit einem Loch in der Mitte aus seinem Umhang und reicht es dem Reiter. Der nimmt einen gewaltigen Bissen und kaut lautstark. Er krächzt wie ein Schwarzvogel, und Blaze rast davon, als hätte er einen Schlängler gesehen. Blitzschnell sind sie verschwunden, und ich höre nur noch, wie die galoppierenden Hufschläge immer leiser werden.

»Möge der Wind immer an deiner Seite laufen«, sage ich ein bisschen traurig, denn Blaze fing gerade an, mir zu gefallen.

»Möge der Wind an deiner Seite laufen«, sagt der Falbe schwer atmend. »Mein alter Hengst hat das zu mir gesagt, als er mich fortgetrieben hat. Du musst ein Wildpferd sein.«

Der Sitz

Der Rotfalbene geht neben dem Menschen. Allmählich kommt er wieder zu Atem und kühlt sich ab. Der Mensch streicht ihm über den gelblich leuchtenden Hals.

»Was meinst du mit Wildpferd?«, frage ich den Falben.

»Nichts Böses«, antwortet er. »Manche Pferde werden auf dich herabsehen. Die, die drinnen geboren wurden, so wie Blaze.« Er deutet mit seinen Lippen in die Richtung, in die Blaze fortgejagt ist. »Ich will damit nur sagen: Du bist unter der Sonne geboren. So wie ich.«

»Ist es schlimm, ein Wildpferd zu sein?«

»Das Verhalten der Menschen wird dir immer fremd bleiben«, antwortet er. »Und der Horizont wird stets deinen Namen rufen.«

Ich schließe die Augen und schlucke schwer. Ich habe alles Wasser, das ich brauche, aber keines schmeckt wie zu Hause.

»Meine Familie ist von dort.« Ich hebe meine Nase in Sonnenaufgangsrichtung. »Nicht sehr weit«, sage ich. »Ich würde den Weg zurückfinden.«

Der Mensch hebt den Sitz vom Rücken des Falben.

»Meine Heimatgewässer sind weit weg«, antwortet der Hengst. »Zu weit weg. Und ich bin zu lange fort, um sie je wiederzufinden.«

Er seufzt, als er den Lenker um seinen Kopf loswird. »Wie nennt dich deine Familie?«, fragt er.

»Sky.«

»Meine nannte mich River, wie den Fluss.«

Der Mensch reibt die Steinchen aus Rivers Fell. Und er löst einen Knoten aus seiner Mähne. Dunkle Wolken und ein tiefes Donnergrollen ziehen heran. Ich schließe die Augen und hoffe, dass der Regen, den ich schon riechen kann, auf meine Heimatgewässer fällt. Auf meine Herde. Auf Storm.

»Wie ist es an deinen Heimatgewässern?«, frage ich.

»Wir haben sturmwärts gelebt«, beginnt River. »In einer schönen, offenen Gegend. So viel Horizont, wie du nur wolltest. Menschen kamen da nie hin.«

»Gibt es dort einen einzelnen Berg?«, frage ich in Erinnerung an Fires Erzählungen.

River nickt. »Steil auf der Sonnenaufgangsseite«, antwortet er. »Mit einem schnellen Fluss, nicht zu tief, um durchzuwaten. Und mit einer salzig weißen Wüste.«

»Ist es weit?«

»Ja«, sagt River. »Sehr weit.«

Der Mensch bringt River trockenes Gras.

»Wir haben es hier zwischen dem Stopp und dem Go besser als viele andere Pferde«, erzählt River und kaut dabei. »Wir haben mehr Futter als die meisten. Und wir haben immer ein Dach über dem Kopf gegen den Regen.«

»Wie erträgst du das, einen Reiter zu haben?«, frage ich. »Auf dem Rücken, meine ich, so wie eine Krallenbestie!«

»Man gewöhnt sich dran«, antwortet River, dreht den Kopf zur Seite und lädt mich ein, das Fressen mit ihm zu teilen. »Wenn du ruhig bleibst und schnell bist, werden sie dich mögen.«

Ich kann mir das nicht vorstellen. Aber River wirkt gut genährt.

Blaze auch.

Und Cloud ebenso.

Ich nehme einen Bissen von dem trockenen Gras. River hat das gleiche Brandmal wie ich, aber keine anderen Kampfspuren an seinem Körper.

»Nimm einen Reiter und renn mit ihm so schnell, wie du kannst«, erklärt River. »Das ist das ganze Spiel. Spiel es gut, dann werden sie dir vertrauen.«

Der Mensch führt River in den Stall und bindet ihn los. Wie Blaze versucht auch River nicht, zu fliehen.

Der Wind nimmt zu.

Der Geruch des nahenden Regens weckt in mir eine Sehnsucht nach zu Hause, die so stark ist wie der Biss eines Schlänglers.

»Wie bringst du sie dazu, dass sie dich losbinden?«, rufe ich River zu.

»Zeig ihnen, dass du ihr Vertrauen verdient hast«, antwortet er. »Sei zuverlässig.«

Ich beschließe, das vertrauenswürdigste Pferd zu werden, das je von einem Stopp-und-Go gekommen ist.

Und mein Plan wird auch sofort auf die Probe gestellt. Der Mensch kommt mit einem Sitz in seinen Greifern aus dem Stall. Als Erstes ist da der Umhang.

Er flappt.

Ich hasse flappende Dinge!

Doch der Weg in die Freiheit bedeutet erdulden. Ich presse die Lippen zusammen und erdulde. Der Mensch streicht mir fest den Hals entlang. Er trägt den Sitz so nah heran, dass ich ihn gut sehen kann. Ich stupse den Sitz an.

Hart wie Stein, aber glatt.

Sei zuverlässig, sage ich mir. *Sei vertrauenswürdig.*

Der Mensch schwingt den Sitz nach oben und über meinen Rücken, dann setzt er ihn mittig zwischen meinen

Schultern und Hüften auf. Ich schuddere von Kopf bis Schweif. Ducke mich weg. Schaue in alle Richtungen, ob Gefahr droht. Doch es gibt nur mich und den Menschen, nur uns beide allein in der runden Falle.

Donner grollt und dann fängt es an zu regnen.

Endlich! Der erste Regen des Winters! Ich hebe den Kopf und sage dem Himmel Danke.

»Wasser ist Kraft«, hat meine Mutter immer gesagt.

»Wasser ist Kraft«, murmel ich vor mich hin, als mir der Regen über Augen und Nüstern läuft.

Vögel schweigen einen Moment lang, um den Regen zu ehren. Selbst die Bäume atmen ihre nach Kiefern duftende Dankbarkeit aus.

Der Mensch hebt seinen Greifer dem Regen entgegen, bis sich darin eine Pfütze bildet. Er führt das Wasser an sein Gesicht. Gemeinsam atmen wir tief ein und aus. In diesem Moment mag ich den Menschen. Er ist älter als ich. Fremd in so vielen Dingen. Und doch liebt er den Regen. Genau wie ich.

Ich komme zurück an seine Seite.

Entschlossen.

Der Mensch holt einen langen Gurt vor und berührt mich unter dem Bauch, als wollte er sagen: »Hier ist die Stelle, wo dieses Teil vom Sitz hinmuss.« Ich mag es nicht, am Bauch berührt zu werden, presse die Lippen zusammen und schaue den Menschen fest an, damit er weiß, er soll vorsichtig sein an meinen kitzligen Stellen.

Er berührt meine kitzlige Stelle nur ein Mal und ich trete ihm auch nur ein Mal auf den Fuß. Er versteht sofort. Offenbar kann ein Mensch lernen. Wenn man sie so sieht, glaubt man das gar nicht.

Er zieht den Gurt straff, dann reißt er an dem Sitz, um zu sehen, ob er abfällt. Ich bäume mich vorne auf und trete nach hinten aus, um ihm zu zeigen, was für eine gute Arbeit er geleistet hat, dass der Sitz schön anliegt. Er tritt bewundernd zurück. Und als ich wieder still stehe, bekomme ich einen von den spitzen Leckerbissen.

Er führt mich in Kreisen umher, dann holt er ein großes

Bündel aus dem Stall. Er setzt das Bündel auf meinen Rücken und das Gewicht lässt meinen Lebenspuls rasen. Ich stelle mir das Gewicht der Krallenbestie vor, ducke mich zur Seite und schaue über die Schulter, um mich zu vergewissern, dass mir auch wirklich keine Gefahr auf den Rücken gestürzt ist. Dann laufen wir wieder in Kreisen. Nach einer Weile spüre ich das Gewicht kaum mehr.

Als wir schließlich fertig sind, führt mich der Mensch aus der Falle. Er bindet mich an den Pflock. Ich stampfe mit dem Fuß auf gegen diese Unfairness. Selbst nach all der harten Arbeit bin ich noch immer nicht vertrauenswürdig genug, um mich frei stehen zu lassen.

Der Reiter

Es regnet den ganzen Tag und auch den nächsten. Reiter kommen und gehen. Der Staub legt sich. Harte Erde verwandelt sich in Schlamm. Wir üben erneut, den Sitz zu tragen. Ich hasse das Gefühl, doch ich lerne, keine Panik vor dem Gewicht zu kriegen.

Wenn sie nicht unterwegs sind und rennen, haben Blaze und River lauter Ratschläge für mich.

»Sie lenken deinen Kopf in die Richtung, in die du laufen sollst.«

»Wenn sie dir gegen die Flanken drücken, sind sie zum Aufbruch bereit.«

»Sie muhen wie ein Schlepper und ziehen deinen Kopf hoch, wenn sie wollen, dass du langsamer läufst oder stehen bleibst.«

Jedes Mal, wenn ich spüre, dass sich ein rennendes Pferd nähert, drehe ich meine Ohren in seine Richtung. Der

Mensch sieht es und dreht seinen ganzen Körper zum Horchen. Mit so kleinen Ohren muss es schwer sein, etwas zu hören.

Blaze galoppiert in den Hof, vollgespritzt mit Schlamm. Der Reiter ist ein Palomino mit bleicher Mähne und blauen Augen. Er trägt eine Kopfbedeckung und einen langen, triefenden Umhang.

»Nasser Weg«, sagt Blaze keuchend und schüttelt das Wasser aus Ohren und Mähne. »Doch der Reiter ist zuverlässig. Er wird dir keine Probleme machen.«

»Reiter? Mir?« Ich schaue von Blaze zu dem Menschen. »Aber ich bin doch noch nie –«

Der Reiter nimmt die Decke von Blaze herunter und wirft sie mir über den Rücken. Sie ist kalt und feucht, doch nicht schwer. Der Reiter trinkt das dampfende Nicht-Wasser und schüttelt den Regen aus seiner Kopfbedeckung.

»Wohin muss ich?«, frage ich Blaze. »Und wie weit ist es?«

Der kastanienfarbene Mensch sieht, dass ich Angst habe, und streicht mir fest und gleichmäßig über den Hals.

»Viel aufwärts«, antwortet Blaze und trinkt einen Schluck.

Der Reiter tätschelt meine Wange, dann prüft er den Gurt, ob er auch fest sitzt. Schließlich springt er flink wie ein Vogel auf meinen Rücken.

Ich schwanke zur einen Seite, dann zur andern, um mein Gleichgewicht wiederzufinden. Und ich schlucke schwer gegen den Anflug von Panik, ein lebendes Wesen auf meinem Rücken zu haben.

Dann binden sie mich von dem Pflock. Ich kann losrennen.

Rennen! Endlich!

Der Reiter macht diesen zirpenden Laut, doch ich höre ihn kaum. Wie ein Blitz jage ich vom Hof, über die Wiese, in Richtung meiner Heimatgewässer, werfe die Hufe in die Luft vor Begeisterung über die Freiheit.

Der Reiter schreit auf. Er hält sich am Sitz fest.

Ich bin entschlossen, zuverlässig zu sein. Entschlossen, dahinzujagen. So, wie sie es wollen. Ich renne wasserspritzend durch einen Bach. Ich weiche einem Baum aus und blinzle gegen den Regen an. Wir sind kaum unterwegs, als der Reiter in einer Weise an meinem Lenker zieht, die es sehr schwer macht, ruhig zu bleiben oder schnell zu sein.

»Sie haben gesagt, ich soll rennen. So schnell ich kann«, erinnere ich ihn und halte das Tempo trotz seines Ziehens.

Der Reiter hört nicht auf mich. Er reißt meinen Kopf hoch und nach hinten.

Sehr frustrierend.

Ich schüttle den Kopf gegen das Ziehen. Mein Zuhause liegt vor mir. Ich kenne den Weg!

Doch der Reiter reißt weiter am Lenker.

Der Lenker.

Will er mir etwas sagen? Ich verlangsame meinen Spurt zu einem halbschnellen Galopp, um drüber nachzudenken. In dem Moment, als ich langsamer werde, gibt der Reiter nach.

Interessant.

Ich beschleunige wieder und er reißt meinen Kopf nach hinten. Ich verlangsame zu einem leichten Galopp und er gibt nach.

Gut. Dann also gleichmäßiger leichter Galopp.

Der Reiter zieht erneut mit dem Lenker an meinem Maul. Ich verlangsame zu einem Trab. Doch der Reiter bremst mich weiter herunter, bis ich nur noch gehe. Ich schnaube frustriert. Es wird ewig dauern, in diesem Tempo nach Hause zu kommen.

Der Reiter tätschelt meinen Hals mit einem festen Schlag, dann zieht er wieder, doch diesmal bloß an einer Seite.

Es reißt mich herum.

Ich drehe mich zurück in Richtung Zuhause. Genau dorthin.

Vielleicht hatte der Reiter Angst davor, wie schnell ich rennen kann. Ein Mensch kann so gut wie gar nicht rennen. Ich beginne mit einem leichten Trab.

Der Reiter hüpft auf dem Sitz. Sehr unangenehm.

Ich falle in einen leichten Galopp, doch sofort kommt wieder der Lenker und stoppt mich. Dreht mich von Neuem um. Ich bleibe stehen, die Ohren nach hinten gerichtet, um zu hören, was der Reiter vorhat.

Er macht das zirpende Geräusch.

Irgendwas stimmt nicht.

Ich drehe mich einmal komplett im Kreis, um wieder die Richtung nach Hause vor mir zu haben. Ich gehe. Sehr langsam. Kein Hüpfen.

Trotzdem zieht er an dem Lenker und dreht mich von Zuhause weg. Bewegt mich zurück in Richtung Pfad.

Der Pfad führt gerade den Berg hoch.

»Berge sind kein Ort für Pferde«, sagte meine Mutter immer, wenn Storm mich aufforderte, loszulaufen.

»Gefährlich«, meinte Tante Gale entschieden.

»Bitterkalt«, ergänzte Tante Rain.

Ich schaue nach hinten zu dem Reiter.

Er macht wieder das Geräusch und tippt mir gegen die Flanken. Blaze hat gesagt, ich soll da raufgehen. Um vertrauenswürdig zu sein. Also werde ich meinem Reiter folgen müssen, so wie ich einer Leitstute folgen würde. Ich schnaube heftig gegen mein Schicksal, schaue noch einmal über die Schulter in Richtung Heimatgewässer und renne dann dem Gebirge entgegen.

Wieder tätschelt mich der Reiter und hört auf, an dem Lenker zu ziehen. Ich

schaue hinauf, höher und höher zu den steilen Hängen des Gebirges. Aus der Ferne wirken sie gar nicht so hoch. Doch aus der Nähe betrachtet, sind sie höher als Wolken.

Der Reiter entspannt seine Beine, beugt sich vor und macht einen Zischlaut wie ein Schlängler. Er hört auf, mir mit dem Lenker zu sagen, wo ich hinsoll, und beugt sich bloß nach vorn, wie wir es beim Rennen tun.

Ich falle in einen schnellen Galopp. Nach so vielen Tagen des Gehens und Stillstehens genieße ich das Strecken und Anziehen der Muskeln. Ich liebe den Regen auf meinem Fell und den Wind in meiner Mähne. Der Reiter stößt einen Schrei aus und wir fliegen den Pfad entlang in Richtung Gebirge.

Über den Pass

Der Pfad Richtung Gebirge ist zuerst eben, doch dann wird er immer steiler. Der Reiter und ich fallen in einen Rhythmus. Er lehnt sich ein bisschen zu der einen oder der anderen Seite, um mich an Pfützen und Felsblöcken vorbeizuführen. Niemand ist auf dem Pfad so schnell wie ich. Die meisten Menschen gehen. Einige haben unglückliche Esel dabei, die von schweren, klirrenden Lasten niedergedrückt werden. Kein Wunder, dass Old Jack seine Familie weit fortführen wollte.

Als der Pfad steil wird, streicht der Reiter mit seinen Greifern leicht an den Furchen meines Halses lang. Ich spüre meinen Lebenspuls gegen seine Berührung. Der Reiter beugt sich etwas zurück und wir fallen in einen forschen Trab. Die weißstämmigen Bäume mit den flappenden gelben Blättern stehen in riesigen Wäldern entlang des Pfads.

Zuerst bin ich ungeduldig wegen des langsameren Tempos. Doch als wir immer höher in die Wolken steigen, werde ich kurzatmig. Der Pfad windet sich hin und her. In der Wolke kann ich nur wenige Schritte weit sehen. Es regnet nicht mehr, doch die Feuchtigkeit klebt auf der Haut. Die Kiefern am Wegsaum sind groß und schmal. Als wir aus den Wolken brechen, blinzle ich wegen der plötzlichen Helle. Als sich der Pfad verengt, bleibe ich trotzdem bei meinem forschen Trab.

Ein riesiger Schwarzvogel fliegt neben mir her. Seine Schwanzfedern kippen von einer Seite zur andern, um ihn in der aufsteigenden Luft auf Kurs zu halten.

Gefahr, denke ich.

Ich schaue mich um. Der Vogel stößt einen Schrei aus, der von den Bergen zurückhallt. Auf der einen Seite taucht ein Steilhang auf. Ich weiche vor dem Rand zurück. Der Reiter lässt mich langsam gehen und singt für mich wie ein Vogel, während ich all meinen Mut zusammennehme. Ich schaue nach oben und sehe einen Spalt zwischen den Bergspitzen. Einen Weg auf die andere Seite. Und wir sind fast da!

Als wir den Pass erreichen, reißt mich der Reiter nach hinten, dass ich anhalten soll, und wir drehen uns um und schauen über die Wolken, die sich bauschen, so weit ich schauen kann. Meine Heimatgewässer sind irgendwo dort unten. Storm ist irgendwo dort unten. Ich bin so weit oben, dass ich auf den gleitenden Jagdvogel herabschauen kann. Niemand aus meiner Herde ist je auf einen Berg gestiegen.

»Ich werde meinen Weg nach Hause finden«, verspreche ich dem Wind.

Der Wind antwortet mir in aufsteigenden Böen. Ein Schauer überkommt mich.

Was, wenn sie mich nie mehr freilassen?

Ich drehe mich in Richtung Sonnenuntergang. Der Boden ist jetzt nicht mehr so steil, aber felsig. Die Bäume sind kürzer und haben schiefe Stämme. Ein grauer Vogel mit

schwarzen Federn pickt mit dem Schnabel tief in einen Kiefernzapfen. Er zieht einen Samen heraus, schluckt ihn und stößt ein Siegerkrächzen aus. Sträucher treiben ihre Zweige in die Breite statt in die Höhe. Winzige rote Beeren verstecken sich unter den Blättern. Unser Weg windet sich zwischen den Sträuchern und Felssteinen hindurch, sodass ich nicht schnell laufen kann. Das freut mich. Irgendetwas an der Tatsache, so weit über den Wolken zu sein, raubt mir den Atem.

Ich höre ein seltsames Pfeifen zwischen den Felsen. Auch mein Reiter hört es und er pfeift wie ein Echo zurück. Ein kleines Wesen reckt seinen Kopf über die Felsen. Es hat runde Ohren, keinen Schwanz und es pfeift wie ein Vogel. So was hab ich noch nie gesehen.

Wir laufen jetzt bergab. Die Bäume werden wieder höher

und gerader. Ein kleiner Teich taucht auf, doch wir bleiben nicht stehen, um draus zu trinken. Wir kommen an zwei Schleppern mit einer schweren Ladung von toten Bäumen vorbei, die hinter ihnen herschlingern. Zwei Adler kreisen über einer Wiese und halten Ausschau nach Huschern zum Fressen. Der Weg wird breiter und mein Durst wird immer größer. Die Schatten weisen in Richtung Sonnenaufgang, als wir den nächsten Stopp erreichen.

Er sieht ganz ähnlich aus wie der Tal-Stopp, nur mit mehr Bäumen drum herum. Ein großer Mensch steht davor. Er ist blass und ganz ohne Mähne. Ich rieche das trockene Gras um den Stopp herum, deshalb warte ich gar nicht erst ab, bis mich der Reiter hinführt. Auf der Rückseite finde ich einen Hof wie beim letzten, mit einem rauschenden Bach dahinter. Eine leuchtend rote Stute mit drei weißen Hufen steht zum Aufbruch bereit. Sie ist klein wie ich und hat freundliche Augen.

»Wie war dein Weg?«, fragt sie, während der Reiter von meinem Rücken gleitet. Ich schaudere vor Erleichterung, dass ich sein Gewicht nicht mehr spüre. Meine Hufe pochen von dem schnellen und langen Weg, den ich ihn getragen habe. Er hebt die Decke von meinem Sitz und befestigt sie auf der Roten.

Ich weiß nicht, was ich sagen soll. Ich bin noch nie zuvor geritten worden. Bin noch nie ein Gebirge hinaufgestiegen. War noch nie so weit weg von zu Hause.

Der Reiter nimmt meinen Kopf in seine zwei Greifer. Er

zeigt mir seine Zähne. Ich winde mich aus seinem Griff, falls er mich beißen will. Er hält mir einen winzigen braunen Klumpen entgegen, der riecht wie eine Blume. Ich lecke dran, und der Klumpen schmilzt wie Eis, schmeckt aber süßer als sämtliche Blumen, die ich je probiert habe. Der Kick der Süße hebt meine Stimmung und löst die Spannung meiner erschöpften Muskeln.

»Ist ein guter Reiter«, sage ich zu der Roten. »Hoffe, ich seh ihn mal wieder.«

»Bestimmt«, antwortet sie.

Der Reiter tätschelt sie und springt auf den Sitz. Sie galoppieren fort in den Sonnenuntergang und lassen mich mit dem kleinsten Menschen im Hof zurück, den ich je gesehen habe.

Strawberry Station, Pony-Express, Kalifornien

Das Hengstfohlen

Der Mensch an dem Gebirgs-Stopp ist weniger klein als dünn. Große Ohren. Große Füße, aber dürr wie ein ganz junges Bäumchen. Ein Hirschledermensch mit schwarzer Mähne. Er sieht aus wie einer der Zapfensammler, obwohl nicht eine Kiefer in Sicht ist. Seine Stimme ist so hell wie die eines Singvogels. Er ist zu groß für einen Jährling, aber eindeutig nicht im Kampfesalter. Dann also ein Hengstfohlen.

Der Menschenhengst von diesem Stopp hat eine tiefe, raue Stimme wie ein Schwarzvogel. Er krächzt das Hengstfohlen von einem Menschen an, das mich an einem langen hölzernen Stall vorbeiführt. Er ist zu einer Seite hin offen. Vier Maultiere stehen am einen Ende. Während sie fressen, grummeln sie miteinander.

»Das gleiche Zeug wie immer«, sagt das eine mit einem trübsinnigen Kopfschütteln.

»Aber mit mehr Steinchen«, sagt ein anderes.

»Nicht ein Flecken Klee seit Jahren«, sagt das jüngste von ihnen.

»Regen heute. Regen morgen«, meint das älteste.

Sie nehmen mich mit einem Ohrdrehen und einem kurzen Blick zur Kenntnis. Manchmal steckt ein Maultier in einer Eselfamilie. Maultiere sind gewissenhafte Kerle und ziemlich stark, aber selten fröhlich.

Das menschliche Hengstfohlen führt mich zu einem Bach, der schnell fließt und kalt ist. Es zeigt mir einen langsam kreiselnden Strudel, wo ich den Grund deutlich sehen kann. Ich wate direkt hinein. Ah! Kaltes Wasser an den Hufen nach einem anstrengenden Lauf. Das beste Gefühl, das es gibt! Ich trinke meinen Teil. Der Hengstfohlen-Mensch hebt einen kleinen Stein auf und wirft ihn über den ruhigen Teil des Bachs. Er hüpft zweimal von der Oberfläche des Wassers zurück, bevor er im Wald auf der anderen Seite landet.

Toller Trick!

Ich sehe zu, wie das menschliche Hengstfohlen Steine sucht, bis es die richtige Sorte gefunden hat, und es noch einmal macht.

Ein Spiel!

Menschen können spielen!

Ich lausche dem Rauschen des Bachs. Beobachte einen kleinen grauen Vogel, wie er ins Wasser taucht und wieder hochkommt, die Tropfen von den Federn schüttelt und den Wasserkäfer verschlingt, den er gefangen hat.

Als uns der Hengst des Stopps zurückruft, rennt der junge Mensch so schnell in den Hof, dass ich traben muss, um mitzuhalten. Er bindet mich an einen Pflock, dann hebt er mir den Sitz vom Rücken. Was für eine Erleichterung, wieder voll durchatmen zu können! Er nimmt auch den Lenker ab, und ich bin so froh, das Ding endlich aus meinem Maul zu haben, dass ich ihn oben an seinem Kopf lecke!

Mit einem Kratzer zieht er all den Schlamm und Schweiß aus meinem Fell. Es ist viel kälter hier oben als an dem Stopp unten. Ich bin froh, den Schweiß abgewischt zu bekommen. Als er fertig ist, gibt er mir eine Handvoll knusprige Stückchen. Ich lecke ihm die Greifer sauber.

Die Schatten werden länger und der Hengstfohlen-Mensch trägt trockenes Gras in den Stall. Mir läuft das Wasser im Maul zusammen. Doch das trockene Gras ist drinnen und ich bin draußen – wo ein Pferd sein sollte. Er führt mich zum Stall. Hinten und an den Seiten ist er geschlossen, die Front ist offen, deshalb ist es im Innern nicht ganz so dunkel.

Der Hengstfohlen-Mensch geht hinein und kommt wieder raus. Er nimmt meinen Kopf in seine Greifer. Seine Augen sind dunkelbraun wie die von Storm. Er lässt die Greifer an den Seiten meines Gesichts nach oben fahren, bis hoch über die Ohren, und reibt die Ohrränder fest, aber trotzdem behutsam – wie es meine Mutter tat, als ich noch klein war.

Mein Hals und die Schultern entspannen sich. Ich hatte sie tagelang angespannt, um mich gegen die ständig neuen Dinge zu stemmen.

Ich wäre auch müde, wenn ich heute in kein Gebirge gestiegen wäre. Und im Hof liegt nicht das kleinste Fitzelchen Gras. Ich stoße einen Seufzer aus. Ein Pferd muss fressen. Ich werfe einen letzten Blick gen Himmel und trete dann in den Stall.

Es ist dunkler im Innern, aber nicht so dunkel, dass man nichts sieht. Ich schaue mich um, ob auch wirklich nirgends eine Krallenbestie lauert.

Keine da.

Das menschliche Hengstfohlen führt mich zu einem Futtertrog und ich mache mich an den Haufen trockenes Gras. Es sind viele Steinchen dazwischen, genau wie die Maultiere gesagt haben, doch mein Hunger ist zu groß, als dass es mich stören würde. Der Mensch schaut mir eine Weile beim Fressen zu, dann geht er, schaufelt Grashaufen aus einem anderen Trog und bringt sie weg. Er wischt meinen Sitz und Lenker ab und hängt sie auf. Dann geht er mit ein paar Greifern voll Knusperzeug zu den Maultieren.

»Danke«, murmeln die Maultiere freundlich. »Danke vielmals.«

Sie schnuppern an seinen Schultern und stupsen vorsichtig gegen seine Ohren, so wie du es bei einem echten Freund machen würdest. Sie laden ihn ein, mitzufressen. Schließlich ist er ein ziemlich hungrig aussehendes Etwas.

Als der mähnenlose Mensch ruft, geht das Hengstfohlen in den Stopp rein, kommt aber schon bald wieder raus. Es zeigt mir, wie ich mich umdrehen kann, in Richtung offenes Ende. Wir stehen dicht zusammen und schauen zu, wie die Sonne untergeht.

Die Wolken leuchten rosa und purpurn. Ich murmel der Sonne meinen Dank für Wärme und Licht zu. Der junge Mensch lehnt seinen Kopf an meine Schulter. Wie ich das vermisst habe – einen Freund, eine Freundin zum Anlehnen am Ende des Tags.

Als es dunkel genug für die Sterne ist, geht der Hengstfohlen-Mensch zum äußersten Rand des Hofs, klettert auf eine Stange und legt seine Greifer um den Mund. Und dann ruft er genau so, wie es die Nachtvögel tun.

Huu … huu-huuuh! Huu … huu.

Er wartet.

Horcht.

Ruft noch einmal.

Wartet.

Schließlich kehrt er zurück, legt seine Vorderbeine um meinen Hals und atmet schwer, als ob er gerannt wäre. Auf einmal riecht er salzig und tatsächlich rinnt Salz über sein Gesicht.

Ich lecke es ab, bis das ganze Salz weg ist. Anfangs hatte ich gedacht, er würde in den Stopp gehen, wie es die anderen Menschen tun, doch er bleibt bei mir und legt einen Haufen trockenes Gras in die Nähe. Dann zieht er einen dicken Umhang um seinen Körper und wenig später höre ich die langen, ruhigen Atemzüge des Schlafs. Er ist zu jung dafür, eine Nacht ganz allein zu verbringen, ohne dass jemand über ihn wacht. Vielleicht hat er ja Kräfte, die ich nicht sehe. Ich blase meinen Atem behutsam über ihn und hoffe, es stimmt.

Brutaler Ritt

Am nächsten Morgen ist die Luft bissig kalt. Das salzgesichtige Hengstfohlen kratzt mich wohltuend am Hals und führt mich danach zum Trinken. Am Rand des Bachs hat sich Eis gebildet. Singvögel flattern von Ast zu Ast und verschlingen Samenkörner und Beeren, als wenn es ein Wettkampf wäre, wer am meisten frisst. Ich wäre zufrieden, wenn ich den ganzen Tag lang an dem Bach stehen, trinken, den Vögeln lauschen und dem menschlichen Hengstfohlen zusehen könnte, wie es Steine übers Wasser hüpfen lässt. Doch eine Unruhe am Stopp zwingt uns zurück.

Maultiere ziehen eine Last in den Hof. Diese Last birgt Menschen in ihrem Innern und hat ein Bündel oben drauf. Die Menschen steigen aus und gehen in den Stopp. Keine Ahnung, wieso. Ein Geruch nach etwas Brennendem dringt heraus. Das Hengstfohlen und ich werden mit der Last und den Maultieren alleingelassen.

Der junge Mensch bindet die ersten zwei Maultiere los und führt sie an den Bach.

»Guten Morgen«, sage ich zu den übrigen Maultieren. »Wie war's? Gut gerannt?«

»Gerannt?«, schnaubt eines der Maultiere. »Du bist der Einzige hier, der rennt.«

»Wir trotten«, sagt ein anderes. »Wir trotten bloß.« Es scharrt mit den Hufen auf so eine Art, als wenn sie wund wären.

»Immerzu hoch«, stöhnt das Erste. »Den ganzen Morgen lang immerzu hoch.«

»Nur noch ein kleines Stück nach oben«, sage ich. »Und dann ganz lange runter.«

»Runter ist auch hart«, entgegnet das erste Maultier.

»Runter ist mir total egal«, sagt das andere.

Ihre langen Ohren hängen nach unten. Sie haben keine Sitze auf dem Rücken, aber ein schwerer Gurt liegt um ihre Schultern und ist mit der Last verbunden. Ich könnte das nicht ertragen, wenn dieses schwere, knarrende, schwankende Ding mir immer auf dem Huf folgen würde. Kein Wunder, dass die Maultiere so mürrisch sind.

Der Hengstfohlen-Mensch bringt alle vier Maultiere in den Stall. Dann führt er die, die die ganze Nacht über gemurrt haben, raus, legt ihnen den Gurt um die Schultern und bindet sie an die Last. Schließlich streicht er ihnen über die Nase.

»Sei tapfer«, sagen sie zu ihm. »Sei standhaft.«

Und der Hengstfohlen-Mensch versteht offenbar, denn er hebt den Kopf und reckt sich.

Doch als die anderen Menschen zurückkommen, zieht er die Schultern ein und schaut zu Boden. Sie laufen direkt an ihm vorbei, ohne zu nicken oder zu grüßen, klettern in die Last und verschwinden. Die Maultiere murren bei jedem Schritt.

Mittags hör ich ein Pferd in vollem Galopp. Der Hengstfohlen-Mensch hört es auch, denn er springt mit dem Lenker und dem Sitz in den Greifern an meine Seite. Blitzschnell hat er sie mir umgelegt. Er zieht gerade den letzten Gurt straff, als ein Reiter auf der Stute mit dem leuchtenden Fell, die ich gestern getroffen habe, in den Hof sprengt. Der Reiter ist grau, hat helle Augen und überall Flecken im Gesicht. Er springt von der Stute, ist wütend und schreit, auch wenn ich nicht weiß, warum. Die Stute ist freundlich und sanftmütig. Das sieht man sofort. Der mähnenlose Mensch reicht dem Reiter von diesem Nicht-Wasser, das in der kalten Luft dampft wie verrückt.

»Er ist ein Wütender«, sagt die Stute. »Unmöglich, seinem Stachel zu entgehen.«

»Seinem Stachel?«

Ich hasse Wespen. Jeder hasst sie.

»Je schneller du rennst, desto früher ist er von dir wieder runter«, sagt sie.

Ich scharre mit den Hufen. Der Hengstfohlen-Mensch streicht mir über die Ohren. Er berührt meine Nase mit seiner und atmet tief ein. Ich tue dasselbe und mein Vertrauen wächst. Ich bin schnell. Schnell sein ist das Beste an mir.

Der Reiter frisst etwas in großen Bissen. Niemand hat den Hengstfohlen-Menschen gefüttert, den ganzen Morgen noch nicht. Was ist das hier nur für eine Herde? Meine Familie füttert die Fohlen immer zuerst.

Keine Stute unter den Menschen. Das ist das Problem. Eine Stute weiß, wohin es geht und wie man unterwegs für alle sorgt.

Der Reiter steigt auf meinen Rücken. Ich schwanke, um das Gleichgewicht zu finden, und unterdrücke die Panik vor seinem Gewicht. Ich schnaube meine Angst heraus und renne. Wir folgen dem Weg von gestern. Der Pfad ist jetzt

nasser, weil es die ganze Nacht lang geregnet hat. Ich versuche, mich am Rand zu halten, wo es nicht so rutschig ist. Als ich meinen Schritt austeste, um nicht das Gleichgewicht zu verlieren, sticht mir der Reiter in den Rumpf. Ich bäume mich vor Überraschung auf, doch er haftet an mir wie ein dorniger Zweig. Ich beschließe, das hier zu meinem schnellsten Lauf zu machen, damit ich den Reiter möglichst bald loswerde.

Als wir in Passnähe kommen, wird der Boden steiniger und weniger rutschig. Ich jage los, doch als wir den kleinen Teich umrunden, rieche ich etwas.

Etwas Schlimmes.

Etwas, das vor mir liegt.

Ich werde langsamer, trotz aller Stiche von meinem Reiter. Ist das eine Krallenbestie? Ich schwenke den Kopf hin und her. Drehe die Ohren, um auf den leisesten Hinweis von Gefahr zu lauschen. Es gibt hier oben keine Bäume, um sich dahinter zu verstecken, doch überall am Weg liegen große Felssteine.

Es *ist* die Krallenbestie. Da bin ich mir sicher! Sie ist in der Nacht hier vorbeigekommen.

Der Reiter kann die Bestie nicht riechen. Er drängt mich vorwärts. Tritt mir mit den Füßen in die Flanken. Trifft mich mit seinem Stachel. Mein Lebenspuls rast. Vielleicht ist ja die Krallenbestie noch in der Nähe.

»Problem«, erkläre ich dem Reiter klipp und klar.

Er ignoriert mich. Schnelligkeit ist meine einzige Chance.

Ich jage los, galoppiere zum höchsten Punkt des Wegs. Ich bleibe nicht stehen, um einen kurzen Blick hinab auf den großen See zu werfen. Ich will diesen Reiter so schnell wie möglich von meinem Rücken haben. Auf der Hangseite, die nach unten führt, ist es trockener und weniger rutschig. Ich nehme die Windungen des Wegs mit vollem Tempo, weiche anderen Reisenden aus. Als ich im Flachen ankomme, bin ich ganz heiß und durstig, doch ich gebe nicht nach.

Als ich endlich den Weg verlasse und auf den Hof des Stopps im Tal einbiege, bin ich bis in die Knochen erschöpft. Ich will mich nur noch hinlegen und mich über den fleckengesichtigen Reiter wälzen, doch ich bin so müde, dass ich nicht weiß, ob ich danach wieder aufstehen könnte. Zum ersten Mal verstehe ich, was Thunder meint, wenn er sich über knirschende Knie beschwert.

Der kastanienfarbene Mensch ist mit Blaze da. Der Reiter springt von meinem Rücken, nimmt die braune Hülle runter und legt sie Blaze auf. Blitzschnell sind sie weg.

Der Kastanienfarbene und ich kreisen um den Hof. Er hat Kampfspuren über den Greifern, und ich frage mich, was für ein Wesen ihn vor langer Zeit angegriffen hat.

»Es war schrecklich«, sage ich zu ihm, weil sonst niemand da ist, dem ich es erzählen kann. »Eine Krallenbestie im Gebirge. Und ich ganz allein.«

Ich habe meine Familie mit einem dumpfen Schmerz vermisst. Einem Schmerz wie von der Kälte, die seit endlosen

Tagen herrscht. Doch jetzt vermisse ich sie mit einem stechenden Schmerz – wie von einem gebrochenen Knochen.

Die Greifer des kastanienfarbenen Menschen sind so dick und rau, wie die des Hengstfohlen-Menschen dünn und weich sind. Er fährt mir kraftvoll über die schmerzenden Schultern.

»Was ist, wenn morgen die Krallenbestie auftaucht?« Ich schaue zu den Bergen, die kalt und grau dastehen, und schnaube energisch gegen dieses Los an.

Der Kastanienbraune dreht sich um. Auch er schnaubt in Richtung der Berge und sieht mich an, als ob er alles über Gefahr und Einsamkeit wüsste.

Er gibt mir Wasser, nimmt mir den Sitz ab und wischt all den Schlamm und Schweiß aus meinem Fell. Dann sieht er sich die Stelle an, mit der ich an einem Dornbusch entlanggestreift bin. Er gießt Wasser auf die Wunde und streicht einen streng riechenden Matsch drauf. Danach führt er mich zu meinem Schlafplatz. Dort bindet er mich an und geht in den Stopp.

Ich war noch nie so müde. Bin die ganze Strecke gerannt. Hab meinen Reiter vor der Krallenbestie bewahrt, und trotzdem trauen mir die Menschen noch immer nicht genug, um mich loszubinden. Wie soll ich da je in Freiheit kommen? Ich spüre das Ziehen des heimatlichen Horizonts, und egal, wie viel Wasser oder Knusperbissen ich kriege, ich werde mich niemals gut fühlen.

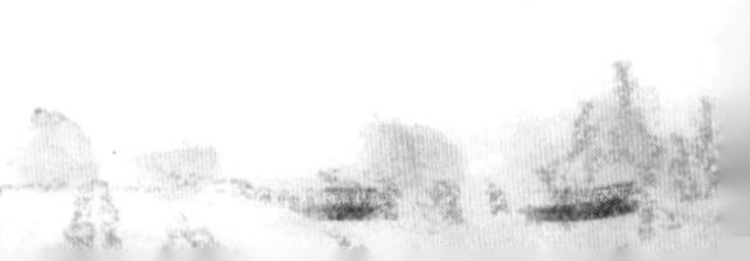

Erster Schnee

Zwischen dem Stopp und dem Go verläuft ein Tag so ziemlich wie jeder andere. Der Hengstfohlen-Mensch steht immer da, um mich an dem Gebirgs-Stopp zu begrüßen. Und am Tal-Stopp ist es jedes Mal der Kastanienfarbene mit seiner ruhigen und beständigen Art. Ich vermisse Storm jeden Tag, doch ich finde Trost in der Gesellschaft dieser zwei Menschen. Von dem trockenen Gras, den Knusperstückchen und dem vielen Wasser werde ich immer kräftiger und schneller. Die Reiter geben mir einen Leckerbissen, wenn ich gut renne, und ein paar von ihnen geben auch dem Hengstfohlen-Menschen was, wenn der Mähnenlose gerade nicht guckt.

Cloud und ihr Reiter kommen her, wann immer der Mond schmal wird. Sie bringen Lasten von trockenem Gras, Salz und andere Bündel für den Stopp. Der Reiter überprüft Beine und Hufe sämtlicher Pferde und Maultiere und Cloud ärgert sich über den zugigen Stall und die Kälte in den Bergen, als wenn sie eine Stute aus meiner Herde wäre.

Jeden Tag kommen und gehen die gleichen Pferde. Ich fange an, sie wie vertraute Freunde zu sehen, die Nachrichten von anderen Pferden bringen.

»Der erste Schneefall steht bevor«, warnt die rotbraune Stute.

»Da, wo es flach wird, gibt es Diebe«, beklagt sich Blaze.

»Wir haben einen Reiter verloren«, erzählt Cloud. »Aber das Pferd ist durchgekommen.«

Ich renne jeden Tag denselben Weg. Manchmal bei Tageslicht. Manchmal, nachdem es dunkel geworden ist. Jeder Tag ist kälter und windiger als der letzte. Noch immer bin ich der Krallenbestie mit ihren scharfen Zähnen und ihren blutrünstigen Gedanken nicht begegnet, doch ich rieche sie bei jedem Lauf, und manchmal sehe ich ihre Spuren, die den Gebirgspfad überqueren. Heuler jagen in den mondhellen Nächten. Eines Morgens stoße ich auf die Knochen und das Geweih von jemandem, der nicht schnell genug gerannt ist.

Die Reiter wechseln sich ab, deshalb muss ich den Wütenden nicht ständig erdulden. Die meisten Reiter tragen einen leuchtend roten Umhang und eine Kopfbedeckung. Und etwas Schwarzes, das an einem Gurt um ihre Mitte klackt. Manchmal ziehen sie es heraus, brüllen herum und wedeln damit Menschen zu, die den Weg versperren. Manchmal klickt das Teil, dann hüpfen alle anderen Menschen aus dem Weg und heben die Vorderläufe in die Luft, als wär es ein Spiel.

Die meisten Reiter haben einen festen Griff und ein freundliches Auge. Manche singen oder pfeifen auf dem Go. Andere husten, schniefen und zittern. Manche winken und rufen den sonstigen Reisenden etwas zu. Andere schauen nur finster vor sich hin und schweigen. Alle sind müde und haben Hunger – jeder Einzelne. Ich sehe es daran, wie sie ihr dampfendes Nicht-Wasser runterschlucken und sich Fressen in die Beutel ihrer Umhänge schieben.

Manchmal hüpfen ihre Köpfe beim Reiten. Manchmal werden sie loser und loser auf dem Sitz und einmal ist sogar ein Reiter von mir heruntergefallen. Ich bin im letzten Moment zur Seite getreten, damit er in den schönen weichen Schlamm in der Mitte des Wegs fiel und nicht auf den steinigen harten Rand. Der Reiter hat sich dafür nicht bedankt, sondern sich bloß geschüttelt, ist wieder aufgestiegen und war den Rest des Go so mürrisch wie ein Maultier.

Seitdem passe ich genau auf, wie sich der Reiter auf meinem Rücken anfühlt. Wenn einer von ihnen da oben ganz lose wird, sage ich: »Anspannen jetzt. Sind gleich da.«

Das ist nicht ihre Schuld. Ich kann ausruhen, wenn wir den Stopp erreichen. Die Reiter müssen weiter. Niemand bürstet ihnen das Fell, sorgt für ihre Hufe oder reibt ihnen sanft die Ohren. Nach einer Weile schätze ich die guten Reiter mehr und mehr und freue mich auf unsere gemeinsamen Ritte.

Mein Fell wird bei dem kalten Wetter immer dichter. Der Regen perlt einfach ab. Das trockene Gras und die Knuspersachen, die sie mir geben, halten den Bauch gefüllt und mein Blut warm. Auch den Reitern wächst ein Winterfell. Meistens lang und grau. Sie ziehen etwas über ihre Greifer und wickeln ein langes, flappendes Teil um Hals und Nase. Manchmal steckt ein Reiter auch einen steifen und kalten Greifer unter den Sitz und drückt ihn gegen meinen Rücken, bis er wieder warm ist.

Menschen sind fröstelnde Wesen – sie haben weder Flaum noch Fell.

Wenn es unten am See leichte Schneegestöber gibt, fallen die Flocken bei unseren Aufstiegen umso heftiger. Dann verstecken sich die Vögel und kaum ein Huscher zeigt sein Gesicht. Doch wenn wir über den Wolken sind, glitzert die Welt leuchtend hell. Vögel singen und die Hoppler in ihrem weißen Winterpelz hüpfen trotz der Kälte über die Schneeoberfläche.

Eines Morgens reißt mich der Reiter in einen langsamen Schritt zurück. Dann bleiben wir stehen.

Sonst wollen sie nie, dass ich stehen bleibe.

Weiter vorn kommt ein Bär auf uns zugetrampelt. Ein Bär! An meinen Heimatgewässern habe ich nur selten welche gesehen, aber Tante Gale erzählte gern Geschichten über sie. Ein Bär ist schnell für so ein pum-

meliges Etwas, doch der hier rennt nicht, er stellt sich auf die Hinterläufe wie ein Mensch. Der Reiter zieht diesen schwarzen Klicker aus seinem Gurt. Der Wind bläst uns entgegen, deshalb bekomme ich die volle Ladung vom säuerlichen Geruch des Bären nach totem Fisch und Erde ab.

»Niemand zum Spielen«, murmel ich leise, falls die Mutter des Reiters ihm das nie erklärt hat.

Der Reiter richtet den schwarzen Klicker direkt auf den Bären. Der schwankt hin und her und schnaubt und knurrt.

Der Reiter pinkelt gleich da, wo er auf seinem Sitz hockt, was er normalerweise nicht tut.

Der Bär knurrt noch ein letztes Mal und fällt dann zurück auf alle vier Beine. Er scheint den Geruch von menschlicher

Pisse nicht zu mögen. Was mich angeht, ist mir der Geruch egal. Der Bär quert unseren Weg und verschwindet in den schneebedeckten Farnen und Sträuchern dahinter.

Als wir den Stopp erreichen und mir der Hengstfohlen-Mensch mit dem Salzgesicht den Sitz herunternimmt, warne ich ihn vor dem Bären. Ich sage es geradeheraus. Mehr kann ich nicht tun.

In jener Nacht nimmt der Wind zu. Die Luft wird eisig und mein Atem verwandelt sich in weißen Rauch. Der Hengstfohlen-Mensch hat ein Fell von einem Springer um den Hals geschlungen. Und weitere Felle um die Beine, vorne wie hinten. Das verschafft ihm einen hübschen Geruch nach Springer. Er stapelt Bündel von trockenem Gras, um es uns bei diesem Sturm gemütlich zu machen. Ich lege mich hin und er rollt sich so dicht neben mir zusammen, dass ich seinen Lebenspuls höre. Ich denke an meine Familie, so wie ich es nachts immer tue. Ich stelle mir vor, wie sie sich im Schutz eines Hügels sammelt. Wie sie im Kreis steht, mit den Fohlen in der Mitte. Wie sie bei Sonnenaufgang zum Wasser läuft und gegen die gefrorenen Ränder tritt, um eine Trinkstelle offen zu halten. Vereint und sicher, wie Pferde es sein sollten.

Aber nicht wir beide. Wir sind allein – das Hengstfohlen und ich – und furchterregende Dinge suchen unsere Träume heim.

Die Krallenbestie

Es schneit die ganze Nacht durch und ein großes Winterschweigen zieht in den Wald. Am Morgen liegt der Schnee im Hof schulterhoch. Doch ich bin warm und trocken, auch ohne Familie, die tröstend und schützend um mich herumsteht. Schnee bedeckt den ganzen Weg. Kein Reiter kommt. Keine Menschen laufen oder reiten vorbei. Winzige Vögel mit schwarzen Köpfen und piepsenden Stimmen hüpfen über die Schneedecke. Der Baumflitzer gleitet von Baum zu Baum, nagt an den Zapfen und verschwindet in einem Loch im Stamm. Der mähnenlose Mensch tritt heraus und spannt die vier Maultiere aneinander.

»Will nicht!«, sagt das Leittier.

»Nicht sinnvoll«, beharrt das älteste.

»Niemals!«, kreischen die jüngeren.

Er hört nicht auf sie, sondern hält alle vier Lenker in seinen Greifern und läuft hinter den Maultieren her.

»Zu kalt!«, jammert das jüngste.

»Glatt!«, warnt das älteste.

Der Mensch treibt sie in die Schneewehe. Sie drücken und drücken gegen den Schnee. Knurren und murren. Langsam schaffen sie einen Weg – fast einen Tunnel. Ich höre sie kämpfen und sich bei jedem Schritt beklagen. Doch schon bald kehrt die große Stille zurück, die kommt, wenn der Schnee in dicken Flocken fällt und liegen bleibt. Und sie legt sich um mich und das salzgesichtige Hengstfohlen.

Als der große Mensch weg ist, schleicht das Hengstfohlen in den Stopp und kommt mit einem Haufen Fressen zurück. Ich freue mich darüber. Der Hengstfohlen-Mensch bekommt nie so viel wie die andern. Er nimmt sein Fressen langsam und bedächtig ein. Nicht ein Krümel fällt zu Boden. Den roten Leckerbissen hebt er sich immer bis ganz zuletzt auf. Dann beißt er hinein und ein Schwall von Süße schwebt in meine Richtung. Es ist wie eine Blumenwiese mitten im Winter. Saft rinnt ihm das Kinn hinab. Er nagt am Rand entlang, gibt den besten Teil mit all den Samen dann aber mir.

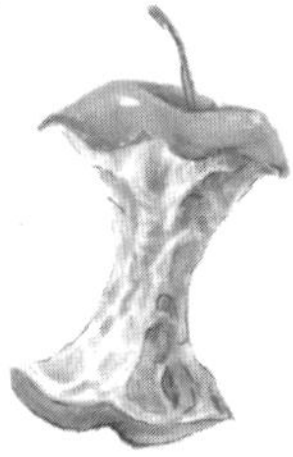

Die Sonne geht schon unter, als die Maultiere zurückkommen. Sie sind müde und von Schnee überkrustet. Nase und Ohren des Menschen leuchten rot wie Beeren. Er macht ein Feuer mitten auf dem Hof. Ich habe noch nie im Winter ein Feuer gesehen und bewundere es aus der Ferne. Die Maultiere stehen dicht dran, als der Schnee schmilzt und an ihren Flanken verdampft. Der Mähnenlose geht hinein, kommt aber gleich brüllend wieder heraus. Er packt das Hengstfohlen an den Ohren und zwingt es nach drinnen. Im nächsten Moment hören wir es vor Schmerz heulen. Die Maultiere und ich halten die Köpfe zu Boden gesenkt und pressen unsere Lippen fest zusammen.

Als das Hengstfohlen wieder herauskommt, hat es eine Kampfspur im Gesicht. Es zittert von Kopf bis Fuß. Ich verstehe das nicht. Ein Hengst kämpft doch nur gegen einen ausgewachsenen Hengst. Er wartet, bis seine Hengstfohlen groß genug sind, um allein zu überleben, ehe er sie vertreibt. Das salzgesichtige Hengstfohlen ist kein Hengst, mit dem man sich misst. Es ist viel zu zart für so eine brutale Behandlung.

Trotz der Kampfspur ist es liebevoll zu den Maultieren. Es schmilzt die Eiszapfen aus ihren Mähnen und bürstet ihnen den Schnee vom Rücken. Die Maultiere danken ihm zärtlich, und wir wünschen uns alle, dass ein Schwarm stechender Wespen über den Mähnenlosen herfallen möge. Er soll nie mehr in Frieden schlafen.

Am nächsten Morgen kommt die kastanienbraune Stute herein und ich reite mit dem Palomino-Reiter hinaus. Es ist eisig kalt und still und klar. Der blassblaue Himmel und das grelle Schneeweiß blenden meine Augen. Der Weg ist von der gestrigen Arbeit der Maultiere fest zusammengetreten, aber immer noch glatt. Wir gehen im Schritt. Ein Schwarzvogel landet auf einem Ast und schüttelt mir Schnee auf den Rücken. Ich zittere vor Angst und suche die Schatten des Waldes nach einer Gefahr ab. Als wir den Gipfel mit seinen verkrüppelten Bäumen und riesigen Felsen erreichen, nehme ich den Geruch der Krallenbestie wahr.

Er ist stark.

»Pass auf«, sage ich zu meinem Reiter.

Ich bleibe stehen. Suche. Horche.

Da!

Ich deute mit der Nase. Die Krallenbestie hockt auf einem Felsen, der über den Weg ragt.

Lauernd. Hungrig!

»Schhhh, schhh schhhh«, sagt der Reiter.

Ich schaudere vor Angst. Sehe mich nach einem Fluchtweg um. Bevor es geschneit hat, hatte ich Platz zum Rennen. Jetzt umgeben mich hohe Wehen und der einzige sichere Boden ist der Weg. Wir sollten umdrehen. Doch in meiner ganzen Zeit mit einem Reiter ist nie auch nur einer je umgekehrt.

Der Reiter nimmt den Klicker von seinem Bauch. Er hält ihn fest in beiden Greifern. Ich weiche mit zitternden Beinen zurück. Die Krallenbestie peitscht mit dem Schwanz.

Sie wirft ihr goldenes Auge auf mich und duckt sich, bereit zum Sprung.

»Schhh, schhh«, sagt der Reiter wieder. Er atmet schwer gegen seine Angst an und ich tu es ihm gleich.

Kraaaach!!!

Ein Donnerschlag kommt aus den Greifern des Reiters! Direkt über meinem Kopf. Meine Ohren schmerzen vom Lärm! Ich spüre das Echo in meinen Knochen.

Und ich höre einen wilden Schrei, einen dumpfen Schlag und danach ein ersterbendes Fauchen auf dem Weg vor uns.

Ich bäume mich auf.

Der Reiter springt ab.

Ich rutsche auf dem festgestampften Schnee des Wegs aus und stolpere in eine Wehe. Der Mensch nimmt den Lenker und zieht meinen Kopf über den Schnee. Ein beißender Brandgeruch klebt an ihm. Ich trample und wälze mich, bis ich die Beine wieder unter mir habe.

Die Krallenbestie liegt vor mir auf dem Weg. Vollkommen still, als ob sie schliefe.

Ich scheue zurück. Eine Krallenbestie hat viele Tricks.

Der Reiter streicht mir über den Hals, um mich zu beruhigen. Ich spüre, wie seine Greifer zittern. Er geht mit dem Klicker im einen Greifer und einem langen Stock im andern zu der Krallenbestie hin, doch sie rührt sich nicht. Er zieht sie am Schwanz zum Rand des Wegs.

Danach hält er meinen Kopf in seinen Greifern und sieht mir ins Auge. Wieder macht er dieses *Schhh, schhh, schhh.* Seine Augen haben die Farbe des Himmels. Seine Greifer sind kalt und zittern, die Lippen sind blass. Er geht neben meinem Kopf, damit ich weder die gestürzte Krallenbestie noch das rote Geschmier im Schnee sehen muss.

Doch ich rieche Tod. Ich weiß, dass der Geruch bis zum Ende meiner Tage in meinem Gedächtnis fortleben wird. Die Schwarzvögel sammeln sich schon, ihre harschen Stimmen schreien Tod. Auch Heuler werden kommen, mit ihren scharfen Zähnen und ihren hungrigen Familien. Es hätte mein Blut sein können, das den Schnee rot färbt.

Doch nicht diesmal. Nicht heute.

Der Reiter steigt zurück auf den Sitz. Wir laufen den Berg hinab, so schnell es geht. Meine Gedanken sind ein Wirbelsturm. Sie kommen auch an dem Tal-Stopp nicht zur Ruhe, wo mir der Kastanienrote eine doppelte Portion Knusperstückchen gibt. Doch die Gedanken wirbeln immer noch durcheinander.

Der Palomino-Reiter ist der beste, der netteste von allen. Er hat mich vor der Krallenbestie beschützt. Und trotzdem kamen Donner und Tod aus seinen Greifern.

Tod in der Kürze von einem Lebenspuls.

Tod ohne einen Kampf oder eine Chance für die Gegenseite, sich zurückzuziehen und sich davonzuschleichen.

»Der beste Kampf ist, wenn niemand austritt«, erzählte mir mein Hengst, als ich noch ein Fohlen war. »Es ist besser, einen Herausforderer zu vertreiben, als ihn zu besiegen.« Und so hatte er viel öfter einfach erhobenen Hauptes dagestanden, die Zähne gefletscht und seine Kraft gezeigt, als den Rivalen tatsächlich zu treten oder zu beißen.

Das war fair. Ich wollte so sein wie mein Hengst.

Und dieser Reiter – mit der bleichen Mähne und den himmelfarbenen Augen; dieser Mensch, der singt wie ein Vogel; der gesehen hat, dass das salzgesichtige Hengstfohlen Hunger hat, und ihm etwas zu fressen gab; der der beste von ihnen allen ist – ausgerechnet er trägt Tod in seinen Greifern. Wie kann ich einem von ihnen je wieder vertrauen? Jeder Reiter trägt den schwarzen Klicker. Der wütende Reiter, der schläfrige und auch der nette. Sie können jedem Wesen blitzschnell den Tod bringen, ohne jeden Kampf.

Ich verstehe das nicht. Ich weiß nur, egal wie nett ein Mensch sein mag, ich muss weg von ihnen allen. Ich muss meine eigene Herde finden. Meinen eigenen Weg. Meine eigenen Heimatgewässer.

Warten auf den Frühling

Ich denke die ganze Nacht und viele weitere Tage über meine Flucht nach. Ich fresse die Leckerbissen der Menschen, den spitzen, den runden und den krümeligen, der der süßeste ist. Ich bin dankbar, wenn sie mir den Schlamm abbürsten. Ich gewöhne mich an den Schutz des Stalls. Sie hören auf, mich nachts anzubinden. Doch wenn sie die Stangen schließen, schieben sie einen dicken Stock darüber, um das Tor zu versperren. Ich schaue genau hin, wenn der salzgesichtige Hengstfohlen-Mensch im Gebirge und der kastanienbraune Mensch am See die Falle fest verschließen. *Schieb-klack* bedeutet zu, *klack-schieb* bedeutet auf. Immer dasselbe.

Eines Nachts, als ich den Vollmond als Lichtquelle habe und das Hengstfohlen im Dunkeln am Waldrand sein tägliches *Huu-huuu* ruft wie ein Nachtvogel, versuche ich, selbst den Stock zu bewegen. Es braucht etwas Arbeit mit Zunge und Zähnen, um an dem Ding Halt zu finden, doch sobald ich es geschafft habe, gleitet der Stock ganz leicht zur Seite. Ich schiebe das Tor mit der Nase auf. Recke den Hals, um mich umzuschauen, und trete einen Schritt hinaus.

Freiheit! Ein Schauer des Stolzes schießt mir den Hals hoch.

Ich gehe zur Öffnung des Stalls. Der Schnee auf dem Weg ist niedergetreten, doch abseits davon liegt er hoch und glatt und funkelt im Mondschein. Kleine Flitzer hinterlassen sternförmige Spuren auf der eiskrustigen Oberfläche. Ich bin zu schwer, um auf der Schneeschicht zu laufen, und nicht schwer genug, um mir allein einen Pfad freizuschieben. Meine einzige Chance zu fliehen ist der Weg, auf dem mich die Reisenden, die Tag und Nacht unterwegs sind, mit Sicherheit finden werden.

Die Reiter könnten mich genauso leicht töten, wie sie die Krallenbestie getötet haben. Aber wenn der Schnee weg wäre, könnte ich mich verstecken.

Ich werde also warten müssen, bis der Schnee schmilzt.

Die Tage ziehen sich hin. Schnee fällt auf Schnee. Erzählungen über Pferdediebe, umgestürzte Bäume und Geräusche tief unter dem Schnee wandern von einem Pferd zum andern. Blizzards heulen von sturmwärts heran. Nur wenige Reisende kommen und gehen und die Nächte sind lang.

Mit der Zeit dehnen die Tage sich wieder und die Bäume schütteln ihre Eiszapfen ab. Das ständige *Tropf-tropf* des Schmelzens gibt mir Hoffnung. Noch immer ist der Boden von Schnee bedeckt, doch darunter höre ich Wasser rinnen.

Eines Abends, gerade als das Hengstfohlen aufhört, mich zu bürsten, liegt ein Hauch von etwas Seltsamem in der Luft. Es kommt aus dem Wald und nicht vom Weg, wo gewöhnlich neue Gerüche herkommen. Es ist kein Geruch von einem Pferd und auch nicht von einem der Reiter, denen ich begegnet bin. Ich drehe ein Ohr in Richtung der schattigen Stellen zwischen den Bäumen.

»Problem«, murmel ich dem Hengstfohlen-Menschen zu.

Ich deute hinüber, aber ich glaube nicht, dass er irgendwas riechen kann. Ein Mensch hat so eine winzige Nase. Nur hilfreich beim Niesen. Er schaut in die Richtung, in die ich deute. Doch falls er etwas sieht, das ich nicht sehen kann, sagt er es zumindest nicht. Nichts rührt sich im Wald, also kehre ich bei Sonnenuntergang in den Stall zurück. Ich fresse. Trinke. Mein Winterfell geht aus, und ich reibe mich an den Stangen, um die juckenden Stellen zu bearbeiten. Das Hengstfohlen geht nach draußen wie immer, um den Nachtvogel zu rufen.

Doch diesmal ruft der Nachtvogel zurück.

Frühjahr 1861

Die Entscheidung

Ich spähe aus dem Stall in den dunklen Hof. Das Hengstfohlen ruft wieder und der Nachtvogel ruft zurück. Noch einmal. Der Hengstfohlen-Mensch schaut zu dem Licht, das aus dem Stopp herüberscheint. Er bleckt ziemlich stark die Zähne. Starrt zurück in den Wald. Dann wendet er sich von den Bäumen ab und springt hopplahopp auf dem Weg zum Stall herum, so wie es Hengste tun, wenn sie einen Herausforderer abschätzen.

Merkwürdig.

Passt überhaupt nicht zu ihm.

Er füttert und bürstet die Maultiere, wie er es immer tut. Streicht ihnen über die flauschigen Ohren und küsst sie auf die Nase. Dann geht er in den Stopp, um Futter zu holen, und kommt wieder raus. Er bürstet mich sorgfältig und kratzt mir den Hals, da, wo ich es besonders gern habe.

Sobald das Licht im Stopp ausgeht, legt er sich alle Umhänge über, die er hat, obwohl es die wärmste Nacht seit Langem ist. Er rollt sich auch nicht zusammen. Er atmet nicht den langsamen Atem des Schlafs, sondern wartet, die Augen weit geöffnet, die Zähne gebleckt, und hüpft von einem Fuß auf den andern, bereit für einen Kampf.

Der Geruch kehrt zurück … der, den ich vorhin bemerkt habe. Ein Mensch tritt aus der Dunkelheit. Er ist groß, mit schwarzer Mähne. Das Hengstfohlen wirft sich dem Fremden entgegen und schließt seine Vorderläufe um dessen Hals. Er wird sofort vom Boden gefegt. So etwas hab ich noch nie gesehen. Mein Hengstfohlen, das sonst allen Menschen aus dem Weg geht, greift plötzlich den größten von ihnen an.

Der Große hält ihn fest. Sie fletschen nicht die Zähne und beißen nicht. Sie halten sich einfach nur fest und sagen nichts. Ich kann nicht erkennen, wer siegt.

Schließlich setzt ihn der Große ab. Sie flüstern miteinander. Und dann gehen sie aus dem Stall und in die Schatten des Waldes. Sie nehmen nicht den Weg. Der große Mensch verwischt den leichten Schnee hinter ihnen, sodass ihre Spuren verschwinden. Die zwei gehen schweigend und schauen nicht noch einmal zurück.

»Weg«, sagt das Leitmaultier.

»Traurig«, sagt das andere.

»Ist gekommen, um endlich sein Junges zu holen«, sagt das Jüngste.

»Möge der Wind an ihrer Seite sein«, sagt das Älteste mit einem schweren Seufzer.

»Werden sie ihn fangen und zurückbringen?«, frage ich.

Wir wenden alle ein Ohr und hoffen, dass im Stopp niemand aufwacht.

»Wenn sie mich auswählen, ihn zu fangen, werde ich sie in die entgegengesetzte Richtung führen«, sagt das älteste Maultier.

»Entgegengesetzt ist am besten«, sagen alle wie aus einem Maul.

Ich schaue in den Wald, wo mein Hengstfohlen verschwunden ist.

»Sei nicht ungestüm«, haben die Stuten mir tausendmal erklärt.

»Schau erst und dann lauf.«

»Riech erst und dann entscheide.«

Ich ignoriere all ihre guten Ratschläge, denke nicht einen Moment nach, wie es sein wird, nachdem ich frei bin. Ich weiß nur, dass das salzgesichtige Hengstfohlen frei ist, befreit von diesem Stopp. Und ich kann mich auch davon befreien.

Ich nehme den Riegel zwischen die Zähne. Mein Lebenspuls galoppiert.

Klack! Schieb!

Das Tor schwingt auf. Ein Freudenschauer läuft mir die Beine hoch.

»Gefahr!«, warnt mich das älteste Maultier.

»Wir könnten alle frei sein«, sage ich. »Wir müssten nie wieder einen Reiter tragen oder Lasten ziehen.«

Ich rieche noch immer das Hengstfohlen und seine Haut. Sie laufen tief in den Wald. Ich bewege mich leise zu den Ställen der Maultiere und öffne sie. Das jüngste tritt heraus, erstarrt dann aber plötzlich, voller Zweifel.

»Der Mensch in diesem Stopp ist der schlimmste von allen«, sage ich.

»Grausam«, stimmen die Maultiere zu.

»Steinchen und Holzstöckchen im Fressen«, ergänzt eines.

»Hat gegen das Hengstfohlen gekämpft«, meint das älteste streng. »Gekämpft, bis alles rot war, und das, obwohl er voll ausgewachsen ist.«

»Wir könnten diesem bösen Menschen jemand anderen zu jagen geben«, sage ich. »Wenn wir alle in entgegengesetzte Richtungen laufen, können wir unserem Hengstfohlen einen Vorteil verschaffen.«

Die Maultiere stecken die Köpfe zusammen und diskutieren.

»Entgegengesetzt ist am besten«, verkündet das Älteste.

Und mit dieser Entscheidung treten alle vier Maultiere vor. Im Kreis ziehen sie Spuren um den Stopp. Ihre Hufe sinken tief in den weichen Frühlingsschnee ein. Zwei gehen den Weg in die Sonnenuntergangs-Richtung, zwei nehmen den Weg Richtung Sonnenaufgang und hinterlassen deutliche Spuren, denen man folgen kann. Sie heben die Hufe und fallen in einen Trab.

»Aus!«, sagt das Leittier.

»Vorbei!«, sagt das andere.

»Nie wieder!«, schreien sie.

Schon bald ist nichts mehr von ihnen zu hören außer das schwindende Geräusch ihrer Hufe.

»Möge der Wind an ihrer Seite laufen«, flüstere ich in die Nacht.

Ich kehre der Kälte, der Einsamkeit und dem Gewicht der Reiter den Rücken und mache mir Mut. Dann rufe ich mir die Wegmarken in Erinnerung, die mich nach Hause führen werden.

Ich bin gerade erst aufgebrochen, als ich das Pferd und den Reiter im Dunkeln den Weg hochkommen höre. Ich schnuppere in den Wind. Es ist River. Ich erstarre. Suche nach einem Versteck. Ein Ruf ertönt von dem Reiter und ein Hufgetrampel auf dem matschigen Weg vor mir.

»Wo wollt ihr hin?«, fragt River.

»Weg!«, schreit das älteste Maultier.

»Weit weg!«, sagt das jüngste.

Im nächsten Moment höre ich das schwere Stampfen von Maultieren in vollem Galopp. Ich atme beruhigt aus, dankbar für die standhafte Freundlichkeit, die Maultieren eigen ist.

River und der Reiter laufen weiter, wie es Reiter immer tun. Sie kommen mir in gleichmäßigem Galopp entgegen. Ich suche nach einer Lücke zwischen den Bäumen und tauche in die tiefere Dunkelheit des Waldes ein.

»Wie konnten sie sich befreien?«, fragt River den Reiter, während sie näher kommen. »Mutige Entscheidung für ein Maultier.«

Der Reiter schweigt. Sie kommen näher und näher. Ich halte still wie ein Stein. Das Mondlicht wirft tiefe Schatten zwischen die Bäume. Als River meinen Duft riecht, verlangsamt er das Tempo nur ganz leicht.

»Mutiger Sky«, sagte er leise, als er an meinem Versteck vorbeikommt. »Wenn es nur nicht so weit zu meinen Heimatgewässern wäre.«

Er läuft weiter, ohne den Kopf zu wenden und mein Versteck zu verraten.

Du kennst den Weg!, möchte ich ihm zurufen. *Du bist stark, du bist schnell. Du wirst deine Heimatgewässer bestimmt finden, wenn du es nur versuchst.*

Ich erinnere mich an alles, was River und Fire mir von ihren Heimatgewässern erzählt haben. *Renn sturmwärts, um den großen See rum, durch die trockene Steppe, viele Tage lang. Ein einzelner Berg mit einer weißen Sandwüste daneben.* Ich möchte ihm diese Erinnerungen zurufen, doch die Angst hält mich still. Angst und die neu entfachte Hoffnung auf Freiheit.

Das Getrappel von River mit seinem Reiter verliert sich. Wenn ich weiterlaufe, werde ich River nie wiedersehen. Er ist nicht bloß ein Freund, sondern auch wie ich als Wildpferd geboren. Ich will, dass er mitkommt. Was wird aus ihm werden, wenn ich weg bin? Und schon ist Freiheit nicht mehr einfach.

Ich werde ihn nie vergessen, verspreche ich den Sternen.

Ich bin bereit, loszulaufen, doch in welche Richtung? Der Wald versteckt mich, aber er steht voller Farn, Gestrüpp und Pflanzen, die ich noch nie gesehen habe. Im Wald kann ich nicht rennen, noch nicht einmal richtig gehen. Und ich weiß die Richtung nicht. Auf dem Weg *kann* ich rennen. Auf dem Weg weiß ich die Richtung. Aber auf dem Weg werden sie mich jagen.

»Halt dich von den Bäumen fern«, haben die Stuten meiner Herde mich immer gewarnt, als ich noch ein Fohlen war. Sie erzählten schauerliche Geschichten über die

Krallenbestie und all die anderen Wesen, die im Dunkeln lauern. Doch ich habe Gefahren erlebt, die sie sich nie vorgestellt hätten. Und die furchteinflößendsten Wesen laufen am helllichten Tag rum.

Als ich mir in den langen Winternächten meine Flucht vorstellte, träumte ich davon, über offenes Gelände zu galoppieren und nicht durch den Wald zu schleichen wie der kleinste Huscher. Ein kalter Wind läuft mir über den Rücken und ich bin nicht mehr so locker wie vorher.

Wenn ich mich für den Weg entscheide, komme ich schneller aus dem Gebirge. Unten am See wird es wärmer sein. Aber auf dem Weg wird man mich jagen. Ich erinnere mich noch an das Geräusch und den beißenden Geruch des schwarzen Klickers, den der Reiter benutzt hat, um die Krallenbestie zu töten. Blitzschneller Tod. Ein Tod, dem selbst ich nicht entkommen könnte.

Wenn Storm hier wäre, würde sie den Weg für mich entscheiden. Sie würde nicht zögern. Aber es gibt nur mich. Sky, der nicht der Größte ist, nicht der Stärkste. Und ganz gewiss nicht der Klügste. Ich will nicht entscheiden. Ich habe Angst, das Falsche zu tun. Und ich fühl mich in meiner eigenen Vorsicht gefangen.

Ich schließe die Augen. Das Hummel-Gesumm des kastanienroten Menschen macht sich in meiner Erinnerung breit. Ich spüre die zärtliche Berührung des salzgesichtigen Hengstfohlens. Der Gedanke an die Freundlichkeit dieser beiden beruhigt meinen Lebenspuls.

»Schnelligkeit ist meine Stärke«, flüstere ich den Bäumen zu.

Ich erinnere mich an alles, was ich über das Stopp-und-Go gelernt habe. Nachts ist der Weg für gewöhnlich leer. Wenn River und sein Reiter am Gebirgs-Stopp ankommen und kein frisches Pferd bereitsteht, werden sie zum nächsten Stopp laufen. Der böse Mensch wird mich und alle Maultiere auf eigenen Beinen jagen müssen. Menschenbeine sind aber nicht fürs Rennen geeignet. Selbst ein pummeliger Bär kann schneller rennen. Ich habe also mindestens so lange Zeit, bis die Sonne aufgeht, ehe jemand mit einem Pferd zum Reiten wissen wird, dass ich weg bin.

Ich schüttle die Angst ab und entscheide mich für den Weg.

Ein Fremder

Ich trete aus dem Wald. Der Mond wirft sein Licht, doch die Bäume legen noch immer Schatten über den Weg. Ich horche, ob Gefahr droht, und bitte den Wind um Geschwindigkeit. Dann renne ich los, komme an dem noch zugefrorenen Teich vorbei, an den Knochen der Krallenbestie und den verkrüppelten Bäumen und vereisten Felssteinen des Gipfels. Ich nehme den stechenden Geruch einer Bärin wahr, die den ersten Blick aus ihrer Höhle wagt. Die Abwärtswindungen laufe ich in einem gleichmäßigen Galopp. Wenn es Tag wäre, könnte ich jetzt den großen See und all die Wegmarken sehen, die ich mir die ganze Zeit eingeprägt habe.

Ohne Reiter kann ich schneller rennen.

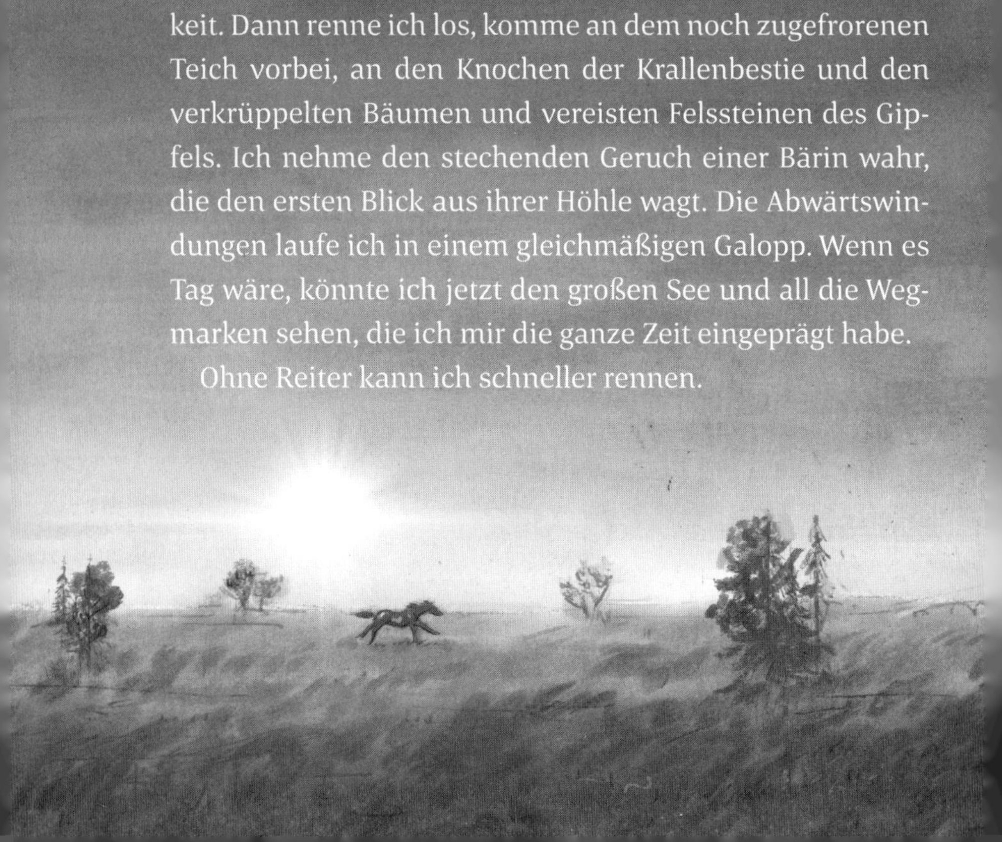

Ich weiß den Weg. Ich werde mein Zuhause finden.

Es ist noch dunkel, als ich in die Ebene komme. Ich verlasse den Weg, bevor ich den Tal-Stopp erreiche, damit sie mich nicht hören und mir einen Reiter hinterherschicken. Ich durchquere die weiten Wiesen mit ihren verstreuten Kiefern. Nirgends liegt Schnee. Die Wegmarken erkenne ich im Mondlicht. Bei jeder, an der ich vorbeikomme, steigt meine Zuversicht. Nur einmal bleibe ich stehen, um aus einem Bach zu trinken. Ich wälze mich kurz auf dem weichen Boden, doch kein noch so langes Reiben wird je das Brandmal an meiner Schulter entfernen. Der Mond geht unter, die Morgendämmerung wird Menschen bringen und Gefahr.

Sie dürfen mich nicht wieder einfangen. Ich ertrage das nicht mehr.

Ich laufe am Ende des großen Sees vorbei und wende mich sturmwärts. Vertrauter Boden liegt vor mir. Meine Familie.

Als die Sonne aufgeht, machen sich Menschen, schwer beladene Esel und Schlepper mit ihren rumpelnden Lasten auf den Weg. Ich halte mich von ihnen fern, verstecke mich, wenn ich Menschen kommen sehe oder rieche. Wenn der Weg frei ist, laufe ich in einem leichten Galopp und bleibe nur stehen, um zu fressen und zu trinken. Meine Gedanken

wandern zu Storm. Wenn ich weiterlaufe, komme ich zu den Hügeln, an die ich mich erinnere.

Der weiche Boden gibt Auskunft darüber, wer hier entlanggekommen ist. Ich sehe winzige sternförmige Spuren von Singvögeln und die langen, schmalen Pfotenabdrücke der Hoppler. Nach einer Weile finde ich eine neue Spur. Sie ist zweigeteilt, wie von einem Gabelbock. Ich schnuppere.

So etwas habe ich noch nie gerochen.

Die Spur ist viel zu groß für einen Gabelbock. Und die Entfernungen zwischen den Abdrücken sind sehr weit.

Ein Zittern läuft mir an den Beinen hoch. Alles mit so einem weiten Schritt rennt entweder sehr schnell oder ist sehr groß. Ich untersuche jeden Abdruck genau. Sie sind flach. Ein Rennabdruck würde vorn tiefer gehen. Also groß. Sehr groß. Kein lebendes Pferd hat einen so weiten Schritt.

Aber alle Wesen mit zweigeteilten Spuren sind Graser wie ich.

»Je mehr Teile ein Abdruck hat, desto größer die Gefahr«, hat Mutter immer gesagt.

Der Vogel mit dem gebogenen Schnabel, der Schlängler jagt, hat einen vierteiligen Abdruck. Heuler und Krallenbestien einen fünfteiligen. Um mich herum ist offener Horizont. Ich mache mir also keine Sorgen. Im offenen Gelände laufe ich allem davon. Ich folge den Spuren. Der Wind bläst mir entgegen. Ich mag den Staub in meinen Augen nicht, doch mir gefällt, dass ich das neue Wesen auf die Art riechen kann. Der Geruch wird stärker. Das Wesen muss hinter der nächsten Anhöhe sein. Ich nähere mich vorsichtig.

Als ich hinkomme, sehe ich es erst nicht, weil es stillhält und weil es die gelbbraune Farbe von purem Staub hat. Dann macht es ein paar Schritte. Etwas ist sehr falsch an seiner Gestalt!

Vier Beine, gut. Aber so lang!

Bauchige Knie. Große Füße.

Sein runder Körper wirkt stark, doch er hat die falsche Form. Statt geradem Rücken – flach von den Hüften bis zu den Schultern – besitzt dieser Geselle einen großen Buckel! Wie einen winzigen Berg, den er überallhin mitschleppt. Ich bin fasziniert.

Das seltsame Wesen grast Salbei. Macht ein paar Schritte. Grast weiter. Es hat keine Krallen. Es hat auch noch nicht geheult. Ich gehe ein bisschen näher heran.

»Hallo, neues Wesen!«, sage ich, als ich immer noch weit genug weg bin. Ist nicht nett, sich anzuschleichen.

Das Wesen sieht mich an, blinzelt und frisst weiter.

Der Hals des Wesens ist lang und geschwungen wie bei einem Wasservogel. Es hat nur eine Farbe – keine Punkte oder Streifen, um Interesse zu wecken. Ich gehe direkt auf das Wesen zu.

»Hallo«, sage ich noch einmal.

Das Wesen öffnet die Nüstern, saugt meinen Geruch ein und schließt sie dann wieder, als wenn sie Augen wären.

Guter Trick!

Es hat lange Lippen, schmale, runde Ohren wie ein Bär und eine doppelte Reihe von schwarzen Lidern an jedem Auge. Einen Moment lang hält es meinem Blick stand. Dann dreht sich das Wesen weg, stößt ein tiefes, kehliges Knurren aus und spuckt einen Flatschen klebriges Wasser vor mir auf die Erde. Ein beißender Gestank steigt von dem glitzernden Flatschen auf.

Dieses Spiel kenne ich nicht.

Manchmal hinterlässt ein Baumflitzer ein Samenkorn oder eine Nuss für einen anderen Baumflitzer. Aber den Flatschen werde ich nicht fressen. Er lässt meine Augen tränen.

Das neue Wesen knurrt noch einmal, länger und auch lauter als beim letzten Mal. Ich wiehere leise zurück. Keine meiner Tanten hat eine Warnung oder auch bloß eine Geschichte zu diesem Wesen erzählt. Aber der Gestank bringt mich auf eine Idee. Ich hebe den Schwanz und lasse den stinkigsten Haufen fallen, den ich zustande bringe.

Das neue Wesen tut es mir gleich, dreht sich dann um und geht.

Kein sehr tolles Spiel. Interessiert mich kein bisschen.

Trotzdem bin ich traurig. Wie ich ist das Wesen ganz allein auf der Welt. Ich schaue ihm nach, bis es in der Ferne verschwindet.

Schließlich laufe ich weiter, hufwund und einsam, und am Ende des Tages wirken die Berge vertrauter und gleichzeitig fremder. Die Form der Berge scheint zu stimmen, alles andere nicht! Es ist still. Keine Vögel in der Luft und keine Huscher am Boden. Auch kein Gabelbock in Sicht. Ich falle in einen Galopp, doch meine Unruhe steigt mit jedem Schritt. Ich sehe, höre oder rieche weit und breit kein einziges Pferd. Ich kenne die Form dieses Landes wie meinen eigenen Namen. Aber die Bäume sind weg.

Kein einziger mehr da.

Nur kniehohe Stümpfe, so weit ich schauen kann.

Ich habe mal einen Wald nach einem Brand gesehen – geschwärzte Bäume, versengte Erde. Alle Gräser und Sträucher weg. Aber nach dem Winterregen und Schnee gab es überall neues Wachsen. Als Erstes wachsen die purpurnen Blumen und die Kiefern. Die Stuten sagen, alles andere kommt nach. Hier fehlen nur die Bäume. Der Salbei, Gräser und Blumen stehen so hoch wie immer.

Ich erinnere mich an den Tag vor erst zwei Jahreszeiten, als Storm und ich sahen, wie ein Mensch eine Kiefer fällte. Es erfüllte mich damals mit Angst, dabei war es nur ein einziger Baum in einem Wald, der sich so weit erstreckte, wie ich schauen konnte. Jetzt ist nichts mehr da als Stümpfe und der beißende Geschmack des Windes.

Mein Lebenspuls rast. Wer hat das gemacht? Und warum? Es gibt kein Wesen, das Bäume nicht liebt – wegen ihres Schattens, ihrer Nahrung, ihres Rauschens im Wind, ihrer Schönheit zu jeder Jahreszeit.

Am Ende eines langen Lebens gibt ein Pferd seinen Körper zurück an die Erde und seinen Atem zurück an den Himmel. Es ist eine traurige Zeit für eine Herde. Wir stehen ihm bei, bis es ein letztes Mal die Augen schließt. Und selbst danach fühlt es sich richtig an, Wache zu stehen.

Ich horche zwischen den Knochen des Waldes und frage mich, ob ein Baum einen letzten Atemzug tut. Ich stehe Wache am größten Stumpf – einer Großmutterkiefer. Es gibt nichts zu sagen, doch meine Wut wächst. Und die Angst um meine Familie. Ich stampfe auf den Boden. Peitsche mit dem Schwanz von einer Seite zur andern. Es gibt nichts Falsches an Blitzen. Keine Bosheit in einer Überschwemmung. Doch das hier wurde mit Absicht getan, genauso, wie ich mit Absicht von meinen Heimatgewässern gestohlen wurde. Ich berühre den Großmutterstumpf mit meiner Nase, atme tief ein, um wieder Mut zu finden. Ich schließe die Augen und weiß nicht, was ich einem Wesen wünschen soll, das nicht rennen kann.

»Möge der Regen stets auf euch fallen«, sage ich schließlich.

Ich laufe, bis ich zu den Überresten meiner Heimatgewässer komme. Ich trinke in Dankbarkeit. Es ist warm und still, ohne Bäume für Schatten und Schutz. Den ganzen Tag warte ich, dass meine Familie aus den Bergen kommt, um zu trinken. Doch niemand kommt. Nicht meine Familie. Nicht ein einziges Pferd, nicht ein einziger Esel.

Beim Stopp-und-Go habe ich davon geträumt, nach Hause zurückzukehren, mir meine Familie in Sicherheit an diesen Ufern vorgestellt. Nie hatte ich daran gedacht, dass sich meine Heimatgewässer so vollständig verändern könnten.

Es muss kürzlich geregnet haben, denn die orangefarbene Regenblume sprenkelt den Berghang wie Sterne. Bienen und Flatterer in allen Farben wandern von Blüte zu Blüte. Die Stille macht mich nervös. Ich schaue ständig nach etwas, was ich nicht hören kann.

In diese Stille treten auf einmal ferne Geräusche. Scheppern und Wummern. Rauschen und Poltern. Sie kommen oben vom Bergkamm. Ich gehe und schaue nach. Als ich mich nähere, höre ich es weniger, als dass ich es in den Hufen spüre.

Manchmal bewegt sich der Boden. Alle Wesen wissen das. Manche sagen, ein Monster lebt dort unten – die Mutter aller Krallenbestien oder etwas noch Böseres.

Meine Mutter hat immer gesagt: »Der Boden hat genauso seinen Donner wie der Himmel.«

Aber diese Rumpelgeräusche sind anders. Fühlen sich anders an. Als ich die Bergkuppe erreiche, traue ich meinen Augen nicht.

Im Lager der Lochgräber

Ein faulig riechender Nebel steigt von dem Hang unter mir auf. Es wimmelt von Menschen, die Löcher ausheben. Die Skelette von Bäumen liegen verstreut herum. Ganze Bäche sind abgegraben und verlegt worden.

Ein Weg führt mitten durch das Lager der Lochgräber. An den Blöcken am Wegrand gehen Menschen ein und aus wie bei einem Stopp. Einige der Blöcke sind nur Rahmen, die mit sehr viel größeren flatternden Dingern bedeckt sind als jenen, die Menschen tragen.

Auf dem Weg kommen und gehen Pferde und Reiter. Schlepper ziehen ihre Lasten. Gleich hinter den Blöcken gibt es Fallen mit Pferden, Maultieren und Eseln. Dunkle Löcher überziehen den Boden. Daneben liegen Haufen von steiniger Erde. Lochgräber stapfen rein und raus. Menschen schreien und wedeln mit ihren Vorderläufen einander zu. Neben den dunklen Löchern befinden sich runde Vertiefungen voller zerbrochener Felssteine. Jede dieser Gruben wird von einem Pferd oder Esel bewegt, die einen Steinbrecher im Kreis herumführen.

Neben den Gruben rauchen Feuer. Die Pferde und Maultiere, die die Steine zermahlen, taumeln vor Erschöpfung. Sie husten in der fauligen Luft. Überall ist Gefahr und Zerstörung. Nicht ein einziger Flecken Schatten und Schutz ist übrig. Die Pferde, die nicht arbeiten, warten in den runden Fallen mit gesenktem Kopf.

Entsetzt wende ich mich ab. Ich atme wieder und wieder ein und aus, doch der Albtraum lässt mich nicht mehr los. Der Geruch des schaurigen Ortes hat sich schon in meiner Mähne verfangen. Ich will wegrennen, so viel Abstand zwischen mich und diesen ausgehöhlten Berghang bringen wie nur irgend moglich.

Aber all diese Pferde. Gefangen. So, wie ich es war. Sie leiden so viel mehr, als ich es je getan habe. Was, wenn meine Familie da unten ist?

Ich laufe den Bergkamm auf und ab. Das Klappern und Wummern aus dem Lager der Lochgräber steigt mit dem Wind hoch. Das Menschenstimmengewirr ist laut, doch manchmal höre ich auch die Pferde.

»Ich schaffe keinen einzigen Schritt mehr.«

»Ich bin so durstig.«

Und noch viel leiser: »Komm, lehn dich an mich.«

»Still jetzt, die Nacht kommt.«

»Bald werden sie schlafen.«

Und dann hör ich ein Schreien. Viele, die durcheinanderschreien, und dazu der hohe und schrille Schmerzensschrei einer Stute.

Ich kenne sie. Es ist Storm! Ich suche die Menschenmenge unter mir ab.

»Haut! Ab!«, schreit Storm. »Jetzt!«

Es folgt ein Stöhnen und danach ein Schlag, wie von einem Menschen, der zu Boden geht. Und dann weiteres Geschrei.

Ich überlege nicht. Ich warte nicht.

Ich denke nicht zwei Schritte meiner Hufe voraus. Meine Familie ist das, wofür ich meine Kräfte bewahrt habe.

In rasendem Tempo jage ich den Hang hinab, laufe zu dem breiten, ebenen Weg. Menschen stehen zu beiden Seiten auf hölzernen Stegen. Pferde, Esel, Schlepper und Lasten scharen sich auf dem Weg.

Am anderen Ende ist eine runde Falle. Storms grauer Schädel mit der weißen Mähne erhebt sich über die Köpfe der Lochgräber. Einer von ihnen balanciert drum herum, bereit, Storm auf den Rücken zu springen. Ein zweiter liegt auf dem Boden, gleich außerhalb der Falle, und stöhnt. Die meisten Menschen trinken sauer riechendes Wasser. Alle schreien, bis auf einen.

Ein Mensch ist ganz ruhig. Ein Mensch schweigt. Er hat eine dichte schwarze Mähne, die unordentlicher ist als die der meisten andern, aber dafür sind seine Umhänge wesentlich sauberer. Er steht seitlich, mit einem Zweig in seinem Greifer, und kratzt damit über einen Stapel flacher weißer Blätter, auf denen seltsame Zeichen sind. Um ihn herum schlagen sich Menschen, doch er hat nur Augen für Storm.

Es sind einige Pferde drum herum. Manche mit Reitern. Ein Maultiergespann ist vor eine Last gebunden. Mehrere kleine Menschen sitzen in dieser Last. Größere Menschen fügen Bündel hinzu und binden sie fest. Wie können sie einfach so rumstehen, wenn Storm verletzt ist?

»Helft ihr!«, rufe ich, während ich weiterrenne.

»Zu spät«, sagt ein Maultier.

»Da ist nichts zu machen«, sagt ein zweites.

Die Pferde schauen beschämt in die andere Richtung.

»Wir sind stärker als Menschen!«, rufe ich. »Wenn wir sie gemeinsam bekämpfen, könnten wir siegen!«

»Hat es noch nie gegeben«, sagt das Leitmaultier.

»Riskant«, meint sein Partner.

»Menschen sind ziemlich schwach«, beharrt das Maultier, das ganz hinten steht. »Wir könnten sie verletzen, wenn wir es versuchen.«

Ich jage an ihnen vorbei, krache in den Menschen hinein, der versucht, auf Storms Rücken zu springen. Er stürzt zu Boden. Storm tritt ihm auf die Brust und ein großer Luftstoß strömt aus ihm raus. Storm taumelt, als sie auf die Leine tritt, die sich um ihren Hals windet und auf dem Boden schleift. Die Menge weicht zurück. Ein paar stolpern und stürzen. Ich beiße und trete gegen die noch Stehenden an. Storm tut das Gleiche und schon bald lehnt kein einziger Mensch mehr an den Stangen. Der mit der wilden

schwarzen Mähne legt seine Blätter weg und zieht die heruntergefallenen aus dem Weg.

»Sky!«, keucht Storm. »Du bist zurückgekommen!« Sie macht einen Schritt auf mich zu und zuckt vor Schmerz zusammen. Wunden laufen rot an den Schultern hinab. Ich berühre ihre Wange mit meiner Nase.

»Seht euch das an«, sagt das Maultier, das hinten steht. »'n echt passendes Paar.«

»Passend schon«, stimmt sein Partner zu. »Schade nur, dass das eine Pferd frei ist und das andere nicht.«

Ich umkreise die Falle und suche nach dem versteckten Riegel, bereit, Storm mit meiner Fähigkeit zu beeindrucken, das Ding zu öffnen. Doch bevor ich es finde, kommt ein Mensch mit einer Leine auf mich zu, die er über dem Kopf schwingt. Weitere Menschen schwärmen aus ihren Blöcken. Mein Brandmal ist deutlich zu sehen. Sie könnten mich einfangen, mich zurückschicken.

»Jetzt bist du erledigt!«, sagt das Leitmaultier.

»Hat alles nur schlimmer gemacht!«, stimmt sein Partner zu.

Ich geh nicht zurück! Niemals!

Ich greife den Menschen an, der die Leine schwingt. Er taumelt rückwärts, doch andere stehen direkt hinter ihm.

»Is nich recht, wie sie die Stute behandeln«, sagt das mittlere Maultier.

»Sollten sich schämen«, stimmt sein Partner zu.

Sie stecken die Köpfe zusammen und beraten leise.

»Fürchte dich nicht, junge Stute«, rufen sie schließlich. »Wir kommen!«

Das Leitmaultier reißt die Leine los, mit der das Gespann an einem Pflock hängt. Sie stampfen zu der Falle und ziehen die Last hinterher. Die kleinen Menschen, die zwischen die Bündel gepfercht sind, kreischen wie Himmelsjäger. Sie hüpfen und schlagen ihre Greifer zusammen.

»Wir kommen«, sagen die Maultiere erneut, während ihre Menschenlast den Weg hinabrollt und Tempo gewinnt.

»Fürchtet euch nicht, kleine Menschenfohlen«, sagt das hintere Maultier und wirft den Kleinen einen Blick zu.

»Is falsch, den Jungen etwas zuleide zu tun«, sagt sein Partner. »Niemand soll euch Schmerzen zufügen.«

Pferde stehen den Weg entlang, entgeistert von diesem Ausbruch von Unabhängigkeit.

»Ziemlich viel Mut für ein Maultiergespann«, sagt ein graues Pferd zu seinen Kumpanen.

»Wer hätte das gedacht«, meint ein anderes.

»Wird nur Ärger geben«, beharrt ein schwer beladener Esel.

»Ärger ist gut«, antwortet ein jüngerer. »Ärger ist genau, was wir brauchen.«

Die Maultiere nehmen Tempo auf und ignorieren standhaft die Rufe der Menschen. Sie fixieren ihren Blick voll auf die Falle, und ich begreife jetzt, was sie vorhaben.

»Weg von den Stangen!«, schrei ich.

Die meisten Menschen ahnen den Plan inzwischen auch

und stolpern und stürzen davon. Nur der Mensch mit der wilden schwarzen Mähne tritt an die Stangen heran und fasst nach Storms Hals. Ich beiße ihm in den Vorderlauf. Im letzten Moment springt er weg, sodass ich bloß ein Stück Umhang erwische. Ich spucke es aus, doch er ist schon wieder, schnell wie der Blitz, an Storms Hals, nimmt die Leine in seine Greifer, löst sie und zieht sie von ihrem Hals.

Ich schnaube überrascht.

Er schaut mir ins Auge und schnaubt zurück, als wollte er sagen: *Was für ein Haufen Verbrecher sind diese Menschen?* Und dann zwinkert er mir mit einem Auge zu und verschwindet in der Menge.

»Nieder damit«, kreischen die Maultiere, fallen in einen Trab und krachen mit einem lauten *Rums* in die Stangen. Sie drücken dagegen, dass sich die Stangen biegen und schließlich splittern. Die winzigen Menschen kreischen jetzt noch höher und schriller. Die Stangen halten die Maultiere nicht mehr auf als ein dünnes Spinnennetz. Mit einem letzten Ächzen und Krachen fliegt die eine Seite der Falle zu Boden.

»Geschafft«, sagt das Leitmaultier mit einem zufriedenen Schnauben.

»Danke«, sagt Storm und saust an ihnen vorbei auf den Weg.

»Gehabt euch wohl, getreue Freunde«, ruft das Maultier aus der letzten Reihe.

Dankbar lege ich meine Nase an seine.

»Gehab dich auch wohl«, sage ich.

Und dann renne ich Storm hinterher.

Menschen sind nicht geeignet fürs Rennen. Sie rennen nicht freiwillig einen Berg hoch. Storm wählt einen besonders steilen und steinigen Hang aus. Ich schaue mich noch einmal um. Ein oder zwei Eifrige sind trotzdem hinter mir her, mit schwingenden Leinen über dem Kopf. Doch die meisten sehen nur zu und lachen. Mitten unter ihnen tanzen die Maultiere mit erhobenen Häuptern und schlagenden Schwänzen, zufrieden mit dem, was sie geleistet haben.

»Gehabt euch wohl, Freunde«, sage ich noch einmal, klettere Storm nach, den Steilhang hinauf, und lasse den Rauch, den Gestank und die Grausamkeit weit hinter mir zurück.

Wasser vor allem anderen

Storm steht inmitten von Salbei und Kiefernstümpfen an der Bergspitze, atmet tief ein und schwer aus. Ihre Beine zittern vor Müdigkeit. Die Kampfspuren sind noch frisch und nässen. Und was das Schlimmste ist: Storm wirkt ganz abgemagert, geradezu knochig. Noch nie ist sie mir klein vorgekommen. Nie. Sie war immer die Starke. Die Mutige.

Ich trete vorsichtig an sie heran, doch sie wendet sich ab, als wär ich ein Fremder. Ich weiß nicht, was ich sagen soll. Meine Zeit beim Stopp-und-Go war hart und einsam. Doch die Heimatgewässer waren immer ein leuchtender Stern in meiner Erinnerung. Ein Trost in der Finsternis. Manche Menschen waren unfreundlich zu mir, doch die meisten waren freundlich. Aber außer dem schlauen mit der schwarzen Mähne habe ich in der riesigen Menge der Lochgräber nicht einen einzigen gesehen, der freundlich war. Ich schnaube energisch bei dem Gedanken an sie. Sie sind

Diebe. Nicht nur Pferdediebe, auch Baumdiebe und Wasserdiebe. Wir stehen inmitten der ausgetrockneten Reste unserer Heimatgewässer und alles Leben darin ist weg.

»Erst mal Wasser«, sage ich. »Wasser vor allem andern.«

Storm schaut von mir weg. »Das Wasser ist schlecht geworden«, sagt sie. »Es riecht merkwürdig. Schmeckt anders. Es nimmt dir die Kraft und lässt dich taumeln.«

Ich knabbere an ihrem Hals, doch sie weicht zurück. Der Schmerz umschließt sie völlig. »Dann eben Schnee«, sage ich.

Ich versuche mich an die schattigen Spalten und Bergklüfte zu erinnern, in denen die Schneebänke weit über den Winter hinaus liegen blieben, doch das Land sieht jetzt so anders aus.

»Hier lang«, sagt Storm.

Und sie führt mich zu dem nächstgelegenen Hohlweg im Steilhang. Bestimmt liegt da unten ein weiß glitzernder Vorrat an Schnee. Wir eilen hinab und tauchen die Köpfe in den eisigen Matsch. Storm stößt einen tiefen Seufzer aus.

Bevor sie etwas sagen kann, platzt es aus mir heraus: »Tut mir leid! Ich hätte früher nach Hause kommen sollen. Die ganze Zeit glaubte ich, du wärst frei.«

Storm schnaubt laut. Die zerstörten Baumstümpfe rund um uns bezeugen, was wirklich passiert ist.

»Ich wäre früher geflohen, wenn ich das alles gewusst hätte«, sage ich.

Storm schnaubt wieder, doch nicht so heftig. Wir schweigen und lassen die Sonne unsere müden Schultern wärmen. Mein ganzes Leben hat Storm immer mich beschützt und geleitet. Jetzt möchte ich für sie sorgen, doch sie ist stolz. Nie hab ich sie dazu gebracht, etwas zu tun, was sie nicht selber wollte.

»Ich hätte sie alle gleich an dem ersten Tag, als der Mensch einen Baum getötet hat, von unseren Heimatgewässern fortbringen müssen«, sagt Storm. »Nachdem ich der Falle entkommen war, bin ich auf schnellstem Wege nach Hause gerannt, um sie zu retten. Ich hab es versucht. Doch sie sagten nur: ›Wo sollen wir denn hin?‹ Und darauf wusste auch ich keine Antwort.«

Ich bleibe dicht bei ihr, ohne sie zu berühren. Storm ist längst jenseits von Wut und vielleicht kann ich sie überhaupt nicht trösten. Sie erzählt die ganze Geschichte, wie die Menschen alles übernahmen – das Rotwild töteten und die Gabelböcke jagten, die Bäume fällten, das Wasser stahlen und sogar die Steine aus den Bächen.

Ich wiege mich hin und her, während ich zuhöre. Ich erinnere mich, wie das menschliche Hengstfohlen am Berg-Stopp den Kopf hängen ließ und zu einem Schildkrötenpanzer zusammenzog, nachdem der Mähnenlose so grausam zu ihm gewesen war. Erst später – irgendwann viel später – streckte es sich wieder und lehnte sich an meine Schulter. Es brauchte seine Familie und es gab nur mich.

Ich versuche, für Storm ruhig und ausgeglichen zu sein, so wie ich es für ihn war. Doch innerlich bin ich voller Wut und Rachegedanken. Ich möchte jeden einzelnen Lochgräber unter meinen Hufen zertreten wie einen Schlängler und schnaube meine Wut heraus wie Feuer. Ich presse meine Hufe in den Boden, als wären sie Wurzeln. Doch Storm braucht meine Wut nicht. Sie braucht mich.

Ich frage nicht nach, wie sie gefangen wurde, und sie erzählt es auch nicht. Ich höre zu, während die Schatten immer länger und länger werden. Und schließlich, als die Sonne die Bergspitzen berührt, frage ich sie, was aus unseren Müttern wurde.

»Sie sind unten bei den Steinbrechern«, antwortet Storm. »Auch unser Hengst.«

»Dann leben sie also?« Ich hebe den Kopf. Atme meine Dankbarkeit in den Himmel.

»Kaum noch«, sagt Storm vorsichtig. »Die Steinbrecher … die sind echt harte Knochen. Ich hab gekämpft. Ich hab getreten. Gebissen. Mich geweigert, zu ziehen.«

»Gut für dich«, antworte ich und stelle mir voller Begeisterung ihren Kampf vor.

»Nein«, widerspricht sie. »Schlecht für mich.«

Sie dreht sich um, damit ich die Kampfspuren genau sehen kann. Ein paar sind frisch, doch die meisten hat sie schon lange.

»Sie haben versucht, mich dazu zu bringen, eine Last zu ziehen. Und dann, ein Gewicht zu tragen. Am Ende wurde ich ihr Spielzeug.« Sie stampft ihren Huf gegen den Berghang. »Ich hasse Lochgräber. Ich werde sie für immer hassen.«

»Es gibt einen Ort«, sage ich. »Einen sicheren Ort. Meine Freunde haben mir davon erzählt. Ein einzelner Berg, der ganz allein steht, mit einem Fluss, in dem klares Wasser zum Trinken fließt.«

Storm schlägt nachdenklich mit ihrem Schwanz.

»Lass uns von hier weggehen«, sage ich. »Weit weg.«

Ihre Ohren richten sich auf.

»Der Berg liegt sturmwärts«, erkläre ich ihr. »Willst du's versuchen?«

»Können sie alle mitkommen?«, fragt sie.

Ich denke an River, der immer noch an dem Stopp-und-Go festhängt. Und an Fire. »Ich werde niemanden zurücklassen«, sage ich. »Nicht noch einmal.«

Diesmal denke ich nach, bevor ich losrenne. Diesmal höre ich mir alles an, was Storm mir über das Leben der Lochgräber erzählt. Und ich erinnere mich an alles, was ich selber in meiner Zeit beim Stopp-und-Go über Menschen gelernt habe. Wir machen zu zweit einen Plan. Einen gefährlichen Plan.

An jenem Abend gehen wir ein letztes Mal auf die Bergspitze. Wir schauen zu, wie die Sonne über dem, was von unseren Heimatgewässern übrig ist, untergeht. Wir warten, Seite an Seite, und wissen, dass wir nie wieder hierher zurückkommen werden. Wir sprechen nicht miteinander, sondern saugen jedes Geräusch und jeden Geruch ein, bis die letzten orangen, roten und gelben Wolken verblassen. So einen Himmel gab es noch nie.

Fallen

Der Mond steigt groß und orangefarben auf und wirft genug Licht, dass wir den Weg finden. Ich handle voller Mut, doch in meinem Innern bin ich voller Zweifel. Was, wenn sie uns fangen? Was, wenn sie Storm erwischen? Es wäre mein Fehler. Ich schnaube laut gegen diese Vorstellung an.

Wir nähern uns langsam und leise dem Lager.

Es herrscht jetzt weniger Gehämmer und Gedröhn unter der Erde, nachdem die Sonne untergegangen ist. Die Lochgräber kriechen aus den Löchern, dumm wie Ameisen. Sie grummeln im Gehen wie Maultiere. Licht, Lärm und schlechte Gerüche dringen aus den Bereichen, in denen die Menschen leben. Viele torkeln, als wären sie auch vergiftet worden. Manche kämpfen mit andern, so wie es junge Hengste tun. Die meisten sind dürr und schmuddelig. Einige sind von Kampfspuren übersät.

Wir warten, bis sie von ihren Löchern und knirschenden

Steinen weg sind. Sie verbringen die Nacht nicht in der stillen Gesellschaft ihrer Familien. Sie stehen auch nicht dicht zusammen, beschnuppern einen Freund oder passen aufeinander auf.

Alles an diesem Löchergraben ist falsch. Es ist schlecht für die Pferde, Maultiere und Esel. Es ist schlecht für die Bäume und, was das Schlimmste ist, schlecht für das Wasser. Es überrascht mich nicht, dass es auch schlecht für die Menschen ist. Doch sie sind nicht an Pflöcke gebunden oder werden in Fallen gehalten. Ich verstehe nicht, wieso sie bleiben.

»Hier lang«, sagt Storm.

Ich folge ihr zu den Fallen und knirschenden Gruben am Rand des Lagers. Es ist jetzt vollkommen still. Kein Schrei eines Nachtvogels. Kein Laut von den Kröten. Wir kommen an der Falle voller Esel vorbei. Niemand hat ihnen den Schmutz und die Steinchen des Tages aus ihrem Fell gebürstet. Ihre Wasserbox ist leer.

»Hier«, sagt Storm leise und bleibt an einer Falle stehen, in der sich Pferde in allen Farben befinden.

»Mutter?«, flüstere ich. »Tante Gale? Tante Rain?«

Drei Köpfe gehen hoch.

»Ist er das?«

»Unser Sky?«

Die anderen Pferde treten zur Seite, damit die drei an die Stangen herankönnen.

»Ich würde dich überall wiedererkennen«, sagt Mutter.

Sie reckt ihren Kopf über die Stangen und reibt ihre Wange gegen meine. Mutter hat sich verändert. Ihr leuchtendes kastanienbraunes Fell ist stumpf. Ihr Ohr eingekerbt. Ihre Schritte sind schwankend. Tante Rain humpelt. Und die stolze Tante Gale lässt den Kopf hängen.

Mein ganzes Leben lang habe ich auf die Stärke und Weisheit dieser Stuten vertraut. In meiner Erinnerung sind sie groß wie die Wolken. Jetzt wirken sie zerbrechlich wie junge Bäume.

»Du musst weg hier«, sagt Mutter. »Schnell!«

»Wir werden diesen Ort heute Nacht verlassen«, sage ich. »Alle zusammen. Und nie wieder eine Falle ertragen.«

»Verlassen?«, fragt Mutter.

»Heute?«, fragt Tante Rain.

»Jetzt gleich!«, antworte ich. »Ihr müsst uns nur folgen.«

Meine Zähne packen den Riegel. Ich schiebe ihn zur Seite und bäume mich auf. Das Tor schwingt nach außen, doch meine Familie und all die anderen Pferde in der Falle drängeln fort von der Öffnung und zittern, als ob Freiheit etwas Beängstigendes wäre.

»Mein kluger Sky«, sagt Mutter. »Wenn ich nur könnte.«

»Wieso?«, frage ich und muss aufpassen, dass meine Stimme nicht laut wird.

Ich schaue über die Schulter. Die Menschen sind nicht weit weg. Ihre Lampen sind wie helle Lichtteiche. Wenn uns einer der Menschen sieht, wenn nur ein einziger Alarm auslöst, haben wir keine Chance gegen so viele.

»Wir müssen los«, sage ich. »Jetzt sofort.«

Die Pferde, die hinter meiner Familie stehen, scharren mit den Hufen und murmeln furchtbare Warnungen vor sich hin.

»Ich werde euch nur aufhalten«, sagt Tante Rain.

»Es reicht mir zu wissen, dass du und Storm frei seid«, erklärt Mutter.

»Wir können alle fliehen. Und das werden wir auch«, sagt Storm entschlossen.

Es gibt eine lange, schreckliche Pause und die Pferde stehen da wie erstarrt.

»Gefahr«, murmeln sie einander zu.

»Nehmt Frost mit«, sagt Tante Rain schließlich und schiebt sie zur Öffnung. »Frost kann überleben. Wenn wir bleiben, werden sie euch vielleicht nicht jagen. Vielleicht werden sie *ein* fehlendes Tier gar nicht bemerken, noch dazu einen Jährling, ein Pferd, das zu jung ist zum Tragen oder zum Ziehen.«

»Ich werde euch folgen«, sagt Frost. »Ich gehe überallhin.«

»Ohne euch alle geh ich nicht weg!«, sage ich und stampfe mit dem Huf auf. »Ihr könnt nicht bleiben. Schaut euch doch an!«

»Still jetzt, Sky«, sagt Tante Gale. »Natürlich wollen wir fort. Wieder frei sein. Den simplen Frieden spüren, unser eigenes Leben zu wählen. Aber Rain kann nicht laufen und deine Mutter …« Sie schnaubt schwer vor Wut. »Deine Mutter sieht nichts mehr.«

Ich taumele zurück wie von einem Schlag getroffen. Die erschöpfte Haltung meiner Mutter und Rains schleppende Schritte zeigen mir die harte Wahrheit.

Storm zieht mich zur Seite. »Sie sind erschöpft«, flüstert sie. »Sie müssen nur den ersten Schritt machen, dann kommen auch ihr Mut und ihr Zutrauen zurück. Such den Hengst. Sie sind gewohnt, dass er führt.«

Ich laufe um die Haufen zertrümmerter Steine und schwelenden Gruben. Ich komme zu einer weiteren, größeren Falle mit Eseln und ein paar Maultieren drin. Und auf einmal sehe ich die schwarz-weiße Wolkenzeichnung im Fell unseres Hengsts. Er steht außerhalb der Falle, an einen Pflock gebunden. Seine Mähne ist ein verfilztes Durcheinander und sein Fell stumpf und staubig.

»Thunder?«, sage ich.

»Sky«, antwortet er mit einem unglücklichen Schnauben. »Ich habe heute von einem Wildpferd reden hören. Dass es die schöne graue Stute gestohlen hat.« Er schwenkt den Kopf zur Seite und zieht an der Leine, die ihn festhält. Nicht stark. Nicht als ob er erwarten würde, dass sie reißt – nur aus einer langen Gewohnheit heraus, ohne Hoffnung auf Erfolg.

»Du bist gekommen, um zu kämpfen?«, fragt er. »Du warst doch nie ein Kämpfer.«

Ein scharfer Eselschrei dringt aus der Falle. »Kein Kämpfer?«, schreit Old Jack. »Skys Familie war ja auch noch nie in Gefahr.«

»Old Jack?«, sage ich und spähe ins Dunkel.

»Schau dir an, wie Sky gewachsen ist«, sagt Old Jack. »Ein Hengst weiß, wann es Zeit ist, seine Stärke auszutesten.«

In Wirklichkeit bin ich kein bisschen größer als je zuvor. Und ich bin entsetzt, selbst den schlauen Old Jack gefangen zu sehen. Doch ich fühle mich anders. Nicht mutiger oder stärker. Aber entschlossener.

»Storm und ich wissen, wie man hier wegkommt«, erkläre ich Thunder. »Aber die Stuten haben Angst, uns zu folgen. Du bist der Hengst, dem sie vertrauen. Sie brauchen dich.«

Ich nehme den Knoten ins Maul und prüfe die Schlingen mit meiner Zunge. Die Leine ist dick. Ich werde sie niemals zerreißen. Doch ich habe Menschen beobachtet, wie sie an den Schlingen ziehen, um den Knoten zu lösen.

»Wirst du ihnen bei der Flucht helfen?«, frage ich.

»Die Lochgräber werden uns jagen«, antwortet Thunder. »Sie werden uns zurückbringen. Es gibt nirgends Verstecke mehr, seit die Bäume weg sind.«

»Wir haben den Horizont«, halte ich dagegen. »Wir müssen nur einfach wegrennen.«

Ich versenke meine Zähne in dem Knoten und ziehe. Er gibt nicht nach. Ich drehe meinen Kopf, um erst an dem einen Ende zu ziehen und dann an

dem andern. Ich stemme meine Hufe in den Boden, um mehr Kraft zu haben.

Die Esel und Maultiere versammeln sich an den Rändern ihrer Fallen und beobachten mich.

»Ob er den Knoten lösen kann?«, fragt ein Esel.

»Guter Trick!«, antwortet ein zweiter.

»Funktioniert nie!«, klagt ein Maultier. »Sie werden euch alle einfangen.«

»Mit Kampfspuren, weil ihr Ärger gemacht habt«, sagt ein anderes.

»Versuch es«, sagt Old Jack.

»Versuchen. Versuchen. Versuchen«, rufen die Esel.

Ich lasse die erste Schlinge los und zieh an der nächsten. Sie gibt nach, zumindest ein bisschen.

»Hört zu«, sage ich zu den Eseln. »Ich hab einen Plan.«

Die Esel und sogar die Maultiere drehen ihre Ohren in meine Richtung.

»Aussichtslos!«, sagt das größte Maultier, nachdem ich den Plan erläutert habe.

»Versuchen!«, sagen die Esel. »Wir versuchen's.«

»Menschen werden am Ende des Tages müde«, erklärt Old Jack. »Viele haben das Torkeln.«

»Hab ich vorhin schon gesehen«, antworte ich.

»Man kann Unheil anrichten mit den Lichtern, die sie dabeihaben«, ergänzt Old Jack.

Ich ziehe ein letztes Mal an der Leine. Die Schlinge ist jetzt locker genug, um sie über den Pflock zu schieben.

»Geh«, sage ich zu Thunder. »Führ deine Familie von hier fort. Storm wird dir den Weg zeigen.«

»Willst du sie alle besiegen?«, fragt Thunder.

»Ja«, antworte ich, »aber nicht allein.«

Ich hole tief Luft und schnaube gegen meine Angst an. »Wenn ich nicht freikomme, folg Storm.«

Und Thunder eilt so schnell den Hang hinauf, wie ihn seine alten steifen Beine noch tragen.

Der Kampf

Ich jage zur ersten der Fallen, gehe drum rum, finde den Riegel und mache ihn auf.

»Schaut euch das an!«, sagen die Esel. »Toller Trick!«

Sie drängen aus der Falle.

»Zerstreut euch«, sage ich zu ihnen. »Die Lochgräber können nicht hinter allen her.«

Dann gehe ich zu der nächsten Falle und befreie die Pferde, Maultiere, Esel. Die erste Eselgruppe verschwindet im Schatten und läuft in die Richtung des Sonnenaufgangs. Zwei Rappen und ein Grauer laufen den Berghang hinauf und wenden sich salzwärts. Ein paar kauern in der Falle und wagen sich keinen Schritt heraus, in welche Richtung auch immer. Das größte Maultier und seine Kumpane laufen geradewegs auf den Teil zu, in dem die Menschen schlafen.

»Nie mehr!«, kreischt es so laut, dass die Steine erzittern. »Nie mehr werdet ihr … nie mehr!«

Es nimmt das flatternde Ding vom Schlafplatz der Menschen und reißt es vom Rahmen. Sein Kumpel dreht sich noch einmal um und tritt den Rahmen kurz und klein. Die Lochgräber springen auf und rennen schreiend den Weg entlang. Die Maultiere folgen ihnen mit gesenkten Köpfen und rammen sie in ihr Hinterteil.

Old Jack greift den Schrei auf und kreischt: »Nie mehr! Nie mehr!«

Mit der Familie an seiner Seite galoppiert er den Weg hoch. Als er an einer Lampe vorbeikommt, kickt er sie um. Das Ding fliegt durch die Luft und zerbirst. Funken stieben. Eine Flamme flackert auf dem hölzernen Steg neben dem Hauptweg empor. Old Jack rennt zu der nächsten Lampe und tritt auch sie um. Ein paar seiner Stuten tun es ihm gleich, ehe sie fliehen, und ein Funkenregen ergießt sich. Kleine Feuer züngeln, breiten sich aus.

In all dem Aufruhr suche ich ringsum, von einem Ende des Lagers zum andern, nach weiteren Fallen, die ich öffnen kann. Als das Knistern des Feuers lauter wird, rufen die noch gefangenen Pferde nach mir.

»Hierher!«, schreien sie. »Hilf uns!«

Ich bin fest entschlossen, sie alle zu befreien. Aber jeder Riegel ist anders. Jeder ein neues Rätsel. In einer Falle voller Maultiere warten sie nicht, bis ich komme. Sie sehen, was ich mache, und schieben, knurren und drücken, bis die Stangen der Falle zu Boden gehen. Ein paar Menschen versuchen, mich zu jagen, doch inzwischen habe ich Helfer. Ich trete einem Menschen in die Brust, als er mir seinen Greifer auflegen will. Die Esel greifen den nächsten an, der versucht, mir mit einer Leine zu folgen.

»Nie mehr!«, schreien sie, als sie ihn umzingelt haben. »Nie mehr!«

Das Zischen und Tosen der Feuer übertönt bald alles andere. Menschen strömen schreiend und taumelnd aus ihren Schlafplätzen. Ein paar bleiben den Eseln und Maultieren dicht auf den Hufen. Andere laufen herum und versuchen, die Flammen auszutreten, und manche rennen einfach nur fort.

Ich gehe zu der Falle, in der meine Mutter war, und finde ihre Spuren. Viele Esel und Pferde sind fest entschlossen, mit mir zu kommen.

»Folgt der grauen Stute!«, erkläre ich ihnen.

Ich entdeckte Storm an der Spitze einer riesigen Herde von Pferden. Sie führt sie durch das Durcheinander von Löchern und gefällten Bäumen. Ihr graues Fell glänzt im Mondlicht. Die Herde hat fast die Kante der Berge erreicht. Mutter und die Tanten sind dicht um Storm herum, alle anderen folgen dahinter.

Ich überprüfe ein letztes Mal sämtliche Fallen und rufe die Nachzügler, mir zu folgen. Dicker Rauch und das Knistern des Feuers sind uns auf den Hufen. Wir weichen zerborstenem Werkzeug und offenen Gruben aus, springen über die umherliegenden Stämme, trockenen Furchen und Bäche. Immer wieder schaue ich über die Schulter, ob uns kein Reiter mit einer schwingenden Leine folgt, doch es sind keine Pferde mehr da, um uns zu jagen. Einige von uns verbergen ein Hinken, andere rufen die Namen verschollener Familienmitglieder. Der Lärm und Gestank der Lochgräber bleibt allmählich zurück.

»Fast geschafft«, sage ich und stupse die Langsamsten mit der Nase. »Nur noch ein kurzes Stück.«

»Versuchen, versuchen«, ruft die kleinste Eselin und bemüht sich, mitzuhalten.

Ich würde sie ja tragen, wenn ich könnte, bleibe in ihrer Nähe und schiebe sie den leichtesten Anstieg hinauf, den ich finde. Und als wir schließlich den Gebirgskamm erreichen, warten Storm und die andern bereits im Schatten der Dunkelheit. Wir pausieren nur kurz und Pferde, Esel und Maultiere suchen in der Menge nach ihren Angehörigen.

»Wir sollten nicht trödeln«, sagt Old Jack.

»Vielleicht werden sie uns wirklich folgen, sobald das erste Morgenlicht kommt«, stimme ich ihm zu.

»Dann müssen wir bei Sonnenaufgang weit von hier weg sein«, sagt Thunder.

Beide nehmen die Plätze neben mir ein, und wir holen die Nachhut zusammen, wie es Hengste seit jeher tun.

Die Esel singen freudig meinen Namen, während wir sturmwärts weiterlaufen.

»Strahlender Sky!«

»Mutiger Sky!«

»Tapferer Sky!«

Wir sind frei. Alle.

Die Sonne geht rosafarben und verheißungsvoll auf und der Horizont ruft meinen Namen.

Steens Mountain, Oregon, Sommer 1861

Heimatgewässer

Ich wünschte, ich könnte sagen, dass wir den ganzen Weg zu dem Allein-Berg rannten, kühn durch die Steppe galoppierten und alle Sorgen hinter uns ließen.

In Wahrheit gingen wir langsam – taumelten. Eine lange Zeit. Und jetzt gehen wir immer noch, während aus dem frühen Frühjahr Sommer wird. Wir suchen noch immer nach dem Allein-Berg und dem Versprechen eines Ortes, wo wir in Frieden und Freiheit leben können. Wir verstecken uns immer noch vor den Menschen, die sofort alle aus unserer Familie stehlen würden, die mit Brandmalen gekennzeichnet sind. Wasser ist rar in der Steppe und die Hitze des Sommers brennt auf uns herab.

Ich stehe auf einer Anhöhe oberhalb der Herde, zusammen mit Old Jack. Die Sterne verblassen und das Gras zu unseren Hufen ist spärlich und trocken.

»Wieso folgt mir die Herde noch?«, frage ich ihn. »Ich bin

nicht der größte Hengst. Viele andere sind bessere Kämpfer. Und jeder sieht doch, dass die Stuten viel klüger als ich sind.«

Old Jack kaut einen trockenen kleinen Salbei-Zweig. Er schreit nicht mehr so viel wie früher, obwohl seine Knie stärker knarren als je zuvor. »Du und Storm, ihr wart frei«, sagt er. »Und trotzdem seid ihr zurückgekommen. Ihr habt alles riskiert und sämtliche Fallen geöffnet. Das werden wir niemals vergessen.«

In dem aufgehenden Morgenlicht wacht Storm über die Herde. Schätzt ihre Kräfte für den Tagesmarsch ein. Frische Luft und sauberes Wasser haben uns alle stärker gemacht. Aber manche Dinge heilen nun einmal nur langsam. Es vergeht keine Nacht, in der nicht mindestens einer oder eine von uns im Schlaf aufschreit. Die Schatten der Grausamkeit werden in unseren Träumen lebendig. Und die Kampfspuren der Vergangenheit werden für immer sichtbar bleiben.

Thunder war der Erste, der zusammenbrach. Als wir am ersten Tag unserer Freiheit den Rand unserer Heimatge-

wässer erreichten ... als er mit eigenen Augen sehen konnte, dass wir von keinen Menschen mehr gejagt wurden ... als er überzeugt war, dass ich immer für unsere Herde kämpfen würde – da versagte schließlich sein Lebenspuls. Wir wachten an seiner Seite. Wir nahmen seinen letzten Atemzug auf, unter einem freien Himmel. Mehr kann sich ein Pferd nicht wünschen.

Storm kommt zu Old Jack und mir den Hang hoch. Ihre Kampfspuren sind verblasst, doch ihr Kampfeswille ist stärker denn je.

»Wir geben nicht auf«, sagt sie entschlossen.

Old Jack betrachtet das Gelände, das vor uns liegt. Er ist ein großer Reisender. Er kann den Himmel einschätzen. Was ein Hengstfohlen von einem Hengst lernen sollte, habe ich auf dieser Reise von ihm gelernt.

»Der Boden steigt langsam an, genau wie Fire gesagt hat«, erklärt er.

»Der Allein-Berg ist steil auf der einen Seite und sanft auf der andern«, sage ich. Zusammen nennen wir alle Wegmarken, die wir kennen. Wir überprüfen die aufgehende Sonne und wenden uns sturmwärts.

»Hört doch«, sagt Storm plötzlich. »Wasser. Schnell fließendes Wasser.«

Ich drehe meine Ohren in die Richtung, in die sie horcht. Und ich höre, wenn auch nur sehr, sehr leise, ein leichtes Rummeln von Wasser über Steine. Old Jack hebt seine grau behaarte Nase und lauscht, was ihm der Wind erzählt.

»Ein Stück weiter gibt es frisches Gras«, sagt er mit einem zufriedenen Schnauben. »Grün – und es wächst.«

Meine Hoffnung steigt. Wir führen die Herde sturmwärts und horchen im Gehen auf den Fluss. Mutter lehnt ihre Schulter an meine Seite, damit ich sie um die Felsen und Steine führen kann, die sie nicht mehr sieht. Tante Rain humpelt am Schluss der Gruppe, zusammen mit Old Jack, der sich bei jedem Schritt bemüht, sein Hinken zu verbergen.

Die kleine Frost ist größer geworden. Sie springt vor Tante Gale davon und geht allen Stuten der Herde auf die Nerven.

»Was ist das?«, schreit sie und scheucht eine Schar von rotschultrigen Schwarzvögeln auf.

»Den fang ich!«, ruft sie und jagt einem Hoppler mit schwarzen Spitzen an den Ohren hinterher.

Ich sehe an der zunehmenden Wölbung der Bäuche, dass es im Frühling mehr Fohlen für sie zum Spielen geben wird.

Wir laufen weiter, weil ich nicht weiß, was wir sonst tun sollen.

Wir sind zu lange unterwegs, um aufzugeben.

Die Sonne steht hoch am Himmel, als wir den Fluss finden, der schnell und kalt ist, aber nicht zu tief, um ihn zu durchqueren. Wir sammeln uns am Ufer und trinken alle unseren Anteil an wunderbar kaltem Wasser.

Könnte das der Ort sein? Ich sehe, wie ein kleiner Funke Hoffnung durch die Herde geht. Wir laufen weiter, schneller als vorher. Wir steigen immer weiter nach oben und im letzten Licht erreichen wir den Gipfel.

Die Sonnenaufgangsseite des Bergs fällt so steil ab wie ein Kliff und unten am Fuß liegt eine weiße Wüste. Wir riechen das Salz in der Luft, die aufsteigt. Weit und breit ist keine andere Bergspitze zu sehen.

»Wir haben ihn gefunden«, rufe ich. »Unser neues Zuhause! Der Allein-Berg!«

»Ein einzelner Berg, der allein steht«, sagt Old Jack. »Und weißer Sand. Das ist der Ort!«

Wir drehen uns in alle Richtungen. Keine Lochgräber, keine Schlepper. Keine Reiter. Keine störenden Geräusche, kein aufsteigender Rauch. Wir sind allein in der Wildnis. Endlich allein.

»Ich wusste, du würdest den Ort finden«, sagt Storm.

Sie steht jetzt neben mir. Wir atmen die neuen Gerüche ein. Wir suchen die Bäume ab, ob auch keine Krallenbestie in ihnen lauert. Meine Herde verteilt sich bereits und frisst Gräser und Blumen – ein paar vertraute und viele wohlschmeckende neue. Old Jack führt wie immer seine Stuten. Im kommenden Frühjahr wird es auch Eselfohlen geben. Mutter, die Tanten und Frost grasen ganz in der Nähe – nah zusammen und geschützt, wie es eine Familie sein sollte.

Ein Nachtvogel in dem Baum neben mir öffnet sein gelbes Auge und blinzelt. Er ruft in die zunehmende Dunkelheit, und ich erinnere mich an das salzgesichtige Hengstfohlen und alles andere, Gutes und Schlechtes, Schönes und Ängstigendes, was mich hierhergeführt hat.

Ich wende den Kopf der untergehenden Sonne entgegen.

Dankbar.

Dies ist der Ort, an den mich der Horizont gerufen hat. Zuhause. Nicht nur ein Zuhause für mich, nicht nur für meine Familie, sondern für alle freien Pferde und Esel, die uns gefolgt sind.

Hierher, wo der Wind an unserer Seite läuft.

Für immer.

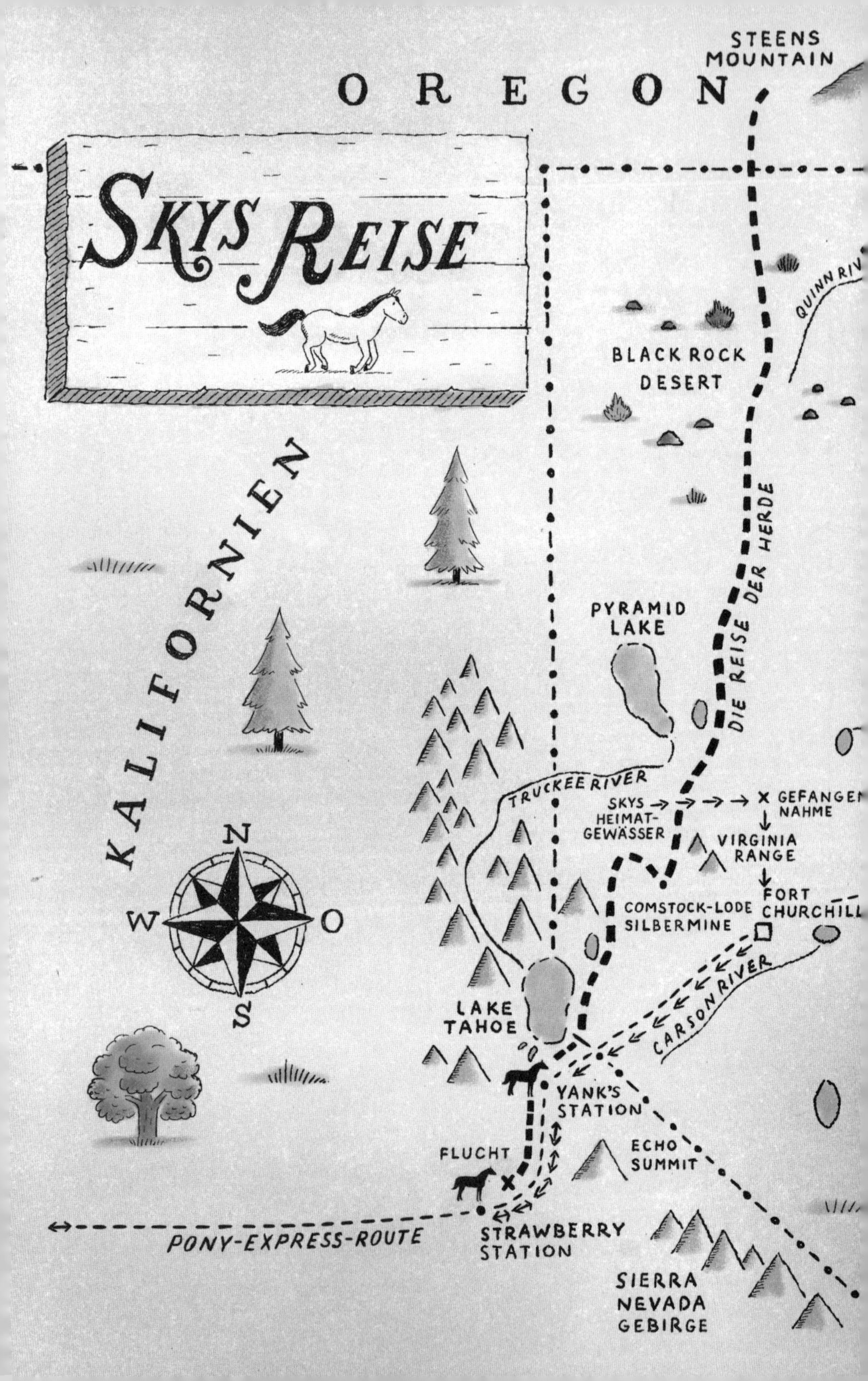

SKYS REISE
OREGON
STEENS MOUNTAIN
BLACK ROCK DESERT
QUINN RIV
KALIFORNIEN
DIE REISE DER HERDE
PYRAMID LAKE
TRUCKEE RIVER
SKYS HEIMAT-GEWÄSSER
GEFANGEN NAHME
VIRGINIA RANGE
FORT CHURCHILL
COMSTOCK-LODE SILBERMINE
CARSON RIVER
N
W
O
S
LAKE TAHOE
YANK'S STATION
ECHO SUMMIT
FLUCHT
STRAWBERRY STATION
PONY-EXPRESS-ROUTE
SIERRA NEVADA GEBIRGE

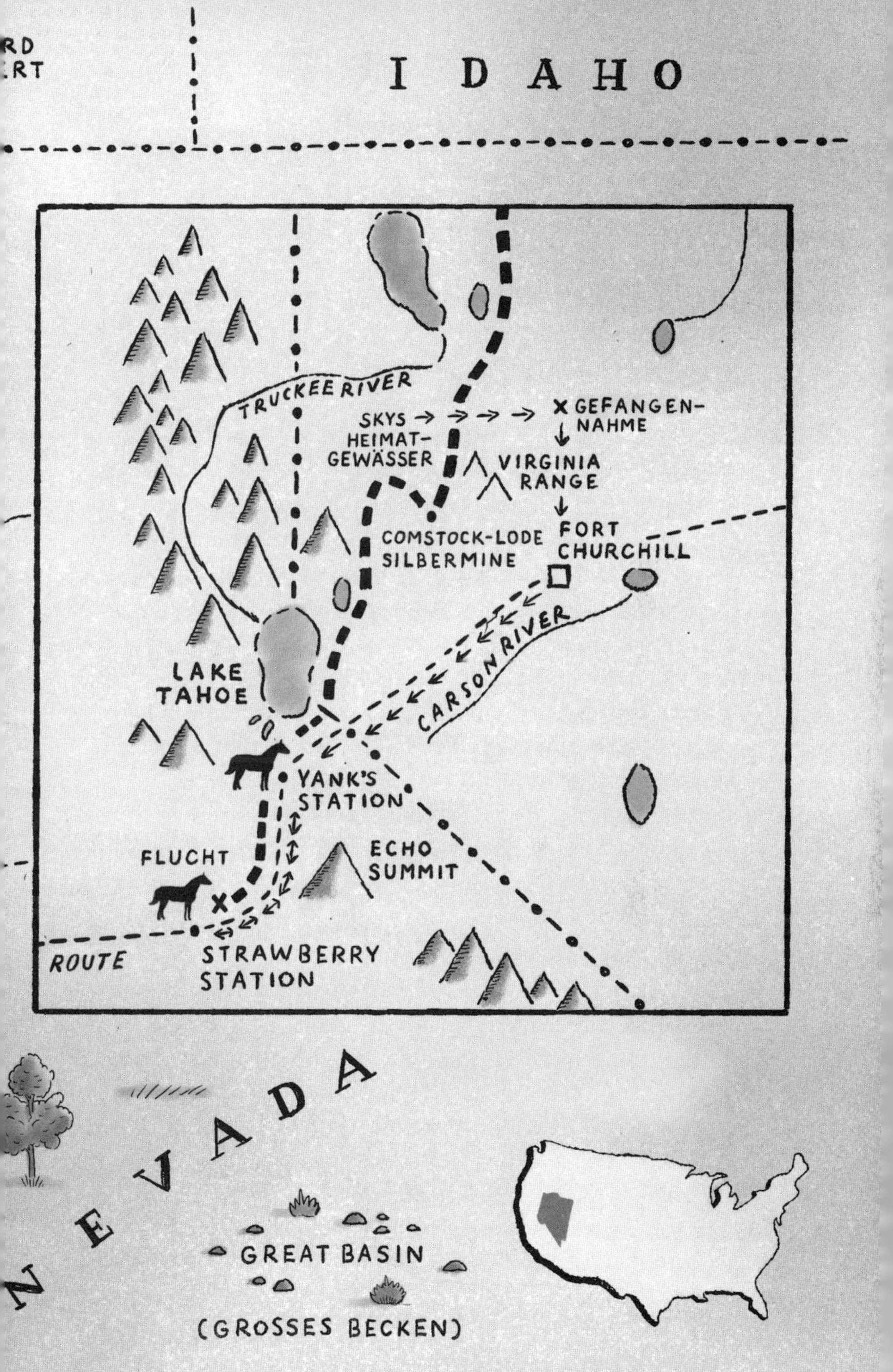

RD
RT
IDAHO
TRUCKEE RIVER
SKYS HEIMAT-GEWÄSSER
GEFANGEN-NAHME
VIRGINIA RANGE
COMSTOCK-LODE SILBERMINE
FORT CHURCHILL
CARSON RIVER
LAKE TAHOE
YANK'S STATION
ECHO SUMMIT
FLUCHT
ROUTE
STRAWBERRY STATION
NEVADA
GREAT BASIN
(GROSSES BECKEN)

Die Geschichte der Wildpferde in Nordamerika

Vor 60 Millionen Jahren lebte in den Wäldern Nordamerikas ein kleines pflanzenfressendes Tier, nicht größer als ein Hund, das als Vorfahre der Pferde gilt, obwohl es noch nicht viel Ähnlichkeit mit ihnen hatte. Die Forscher nannten es *Eohippus,* was »Pferd der Morgenröte« bedeutet. Als sich die Landschaft im Verlauf von Millionen von Jahren von dichtem Dschungel zu trockenem Grasland veränderte, entwickelte sich vor etwa vier Millionen Jahren, in der zweiten Hälfte der Eiszeit, das erste »richtige« Pferd, der *Equus caballus.*

Der *Equus* wanderte über die damals noch bestehenden Landbrücken nach Asien, Europa und Afrika weiter. Es wird allgemein angenommen, dass die Pferde in Nordamerika dagegen um die letzte Eiszeit komplett ausstarben und erst vor etwa 500 Jahren mit den spanischen Besatzern zurückkehrten.

Viele indigene Stämme in Nordamerika pflegen in ihren Geschichten jedoch die Erinnerung an Pferde, die lange vor den ersten Siedlern da waren. Was immer mit diesen urzeitlichen Pferden geschah: Sicher ist, dass die spanischen Eroberer später wieder viele Pferde in den Südwesten Amerikas brachten, wo sie in den weiten Ebenen gut gediehen.

Heute gibt es im Westen Nordamerikas sowohl Wildpferde, die ursprünglich von den spanischen und arabischen Pferden der Besatzer abstammen und über viele Generationen wild lebten, als auch Hauspferde, die flohen oder verstoßen wurden. Ein ehemals zahmes Pferd braucht nicht lange, eine neue Heimat unter Wildpferden zu finden und in deren Herde zu leben. Es gibt Gegenden in Nordamerika, in denen Wildpferde, auch Mustangs genannt, völlig frei und ohne größeren Kontakt zu Menschen leben: in den Steens Mountains im Bundesstaat Oregon – Skys möglicher Heimat – und in den Pryor Mountains in Montana und Wyoming.

In anderen Regionen führen das Wachstum der Städte sowie große Dürren zu regelmäßigen Konflikten zwischen Wildpferd und Mensch. Skys Heimatgewässer, die *Virginia Range* östlich von Reno in Nevada, sind so eine Region. Die Stadt Reno wurde in den Sumpfgebieten erbaut. Die einst wasserreichen Gebiete sind inzwischen verschwunden oder eingezäunt, weshalb die Wildpferde weit ziehen müssen, um einen Ort zum Trinken zu finden.

In den USA stehen Wildpferde und Wildesel unter Schutz, sie dürfen von Privatleuten weder getötet noch gefangen werden. Dennoch betrachten die Behörden alle frei umherlaufenden Pferde als verwilderte Tiere – also als Streuner. Ihnen wird deshalb nicht der gleiche Schutz gewährt wie sonstigen Wildtieren. Den Farmern sind die Mustangs ein Dorn im Auge, weil diese sich nach der Ausrottung ihrer natürlichen Feinde wie Wolf, Bär und Puma unkontrolliert vermehren – und weil sie mit den Rinderherden um das kostbare Weideland konkurrieren. Immer wieder werden die Mustangs deshalb in Gehegen zusammengetrieben, in denen sie schlecht versorgt werden und oftmals sterben. Andere Wildpferde werden an Menschen verkauft, die sie zum Freizeitreiten oder zur Arbeit auf einer Ranch ausbilden. Einige werden auch als Schlachtvieh angeboten und manche bleiben für den Rest ihres Lebens in den Gehegen.

In den westlichen Bundesstaaten von Nordamerika hat es in den letzten zwei Jahrzehnten verheerende Dürren und extreme Flächenbrände gegeben, die das Leid der Wildpferde noch viel ernster machen. Sie müssen sich den ständig schrumpfenden Lebensraum mit Rotwild, Gabelböcken, Elchen und wachsenden Viehherden teilen. Und alle brauchen Wasser.

Eine Neueinstufung der Mustangs als echte Wildtiere wird ihnen den Schutz bieten, den sie bis jetzt nicht haben. Zurzeit entsteht gerade dort, wo Sky geboren wurde, der *Virginia Range Mustang Haven,* der zu einem über 4000 Quadratmeter großen Schutzraum für Wildpferde werden soll.

Pferdefamilien

Pferde leben in Familienverbänden, die aus einem erwachsenen Hengst, manchmal einigen Junghengsten sowie einer oder mehreren Stuten mit ihren Fohlen bestehen. Die ranghöchste Stute übernimmt die Rolle der Leitstute und entscheidet, wohin die Herde wann zieht. Der Leithengst läuft am Schluss der Familie, wo er sie vor jagenden Raubtieren beschützen kann. Junge männliche Pferde, auch Hengstfohlen oder *Colts* genannt, und junge Stuten werden aus dem Familienverband vertrieben, sobald sie alt genug sind, sich zu paaren. Gruppen von Hengstfohlen bilden ihre eigenen Verbände. Sie üben sich im Kampf, bis sie stark genug sind, einen Hengst zu besiegen und seinen Familienverband zu übernehmen. Manchmal finden sie aber auch eine Stute, die bereit ist, ihre angestammte Familie zu verlassen und sich mit einem *Colt* zusammenzutun.

Wildpferde in Deutschland

Auch in Deutschland gibt es Pferde, die das ganze Jahr über von Menschen fast ungestört frei leben können. Sie leben in Herdenverbänden in Naturschutzgebieten und Tierparks, wo sie als »Landschaftspfleger« eingesetzt werden: Durch die Beweidung sorgen sie dafür, dass nicht zu viele Bäume und Sträucher nachwachsen. Obwohl die Herden weitgehend sich selbst überlassen sind, werden sie im Notfall medizinisch versorgt. Außerdem werden jedes Jahr einige Tiere gefangen und verkauft, um eine Überpopulation zu verhindern.

Bei diesen wild oder halbwild lebenden Pferden handelt es sich allerdings nicht um »echte« Wildpferde. Als echte Wildpferde bezeichnet man Pferde, deren Ahnen niemals domestiziert wurden und direkt auf eines der drei Urwildpferde zurückgehen, die es einmal gab: das Waldpferd, das im Norden Europas lebte, den Tarpan aus Osteuropa und das Asiatische Wildpferd, das auch als Przewalski-Pferd bekannt ist. Es ist das einzige echte Wildpferd, das heute noch existiert.

Przewalski-Pferde werden inzwischen gezüchtet, um den Bestand zu erhalten, und gezielt in ihrer ursprünglichen Heimat, der Mongolei, wieder angesiedelt. In Deutschland grasen zum Beispiel 24 Przewalski-Pferde zusammen mit 130 Wisenten im Naturschutzgebiet Döberitzer Heide in Brandenburg (www.sielmann-stiftung.de). Im Tennenloher Forst zwischen Nürnberg und Erlangen

leben vier Przewalski-Hengste in einer »Junggesellengruppe« zusammen (www.wildperde-tennenlohe.de).

Koniks sind eine sehr alte Pferderasse aus Polen, die vermutlich vom Tarpan abstammt. Sie werden in wilden oder halbwilden Herden in ganz Europa und auch in Deutschland gehalten, u. a. in der Emsaue bei Münster (www.nabu-naturschutzstation-muenster.de). An der Flensburger Förde grasen gleich zwei Konik-Herden auf 450 Hektar (www.geltinger-birk.de).

Exmoor-Ponys stammen ursprünglich aus England und gehören zu den ältesten Ponyrassen der Welt. Heute leben wilde Herden nicht nur in England, sondern auch bei uns, im Nationalpark Unteres Odertal (www.nationalpark-unteres-odertal.de) und im Hutewald Solling im Weserbergland, wo sich eine Herde von 30 Ponys 220 Hektar mit 40 Heckrindern teilt.

Die **Liebenthaler Wildpferde** sind aus einer Rückzüchtung aus Norwegischen Fjordpferden und Koniks entstanden. Eine Herde von 100 Tieren grast nahe der Stadt Liebenwalde in Brandenburg (www.liebenthaler-pferdeherde).

Die **Dülmener Wildpferde** in Westfalen haben sich aus verwilderten Hauspferden entwickelt und gelten heute als eigenständige Rasse. Seit 1316 leben sie im Merfelder Bruch bei Dülmen. Die Herde umfasst heute etwa 400 Tiere und ist damit die größte Wildpferdeherde in Deutschland. Jedes Jahr im Mai werden die Hengstfohlen zusammengetrieben und versteigert, nur einige wenige bleiben bei der Stutenherde (www.wildpferde.de).

Dülmener Ponys haben ebenso wie Przewalski-Pferde, Koniks und Liebenthaler deutliche Merkmale eines Wildpferdes wie die falbe bzw. mausgraue Färbung des Fells, den sogenannten »Aalstrich« auf dem Rücken, die dichte Mähne und die kleine Statur.

Was du über Wildpferde wissen musst

GRÖSSE Wildpferde haben ein Stockmaß (erhöhte Stelle zwischen Hals und Rücken) von etwa 140 Zentimeter. Durch ihre gedrungene Statur sind sie auf unebenem Boden besonders schnell, zudem können sie mit wenig Nahrung und Wasser wesentlich besser in der Wildnis überleben als ein normales Pferd.

FELL Wildpferde gibt es in allen Farbkombinationen, *Schecken* und *Falben* sind jedoch am häufigsten vertreten. Im Winter haben Wildpferde ein dichtes warmes Fell, das wasser- und schneeabweisend ist.

SCHNELLIGKEIT Wildpferde können wie alle Pferde im schnellen Galopp etwa 30 Stundenkilometer laufen, im kurzen Sprint auch mehr. Die Spitzengeschwindigkeit eines Rennpferdes von 70 Stundenkilometer erreichen sie allerdings nicht.

OHREN Die sehr beweglichen Ohren erlauben dem Wildpferd, herannahende Gefahren aus allen Richtungen zu hören. Pferde benutzen die Ohrstellung aber auch zur Kommunikation mit ihren Familienmitgliedern.

AUGEN Pferde haben die größten Augen unter allen Landtieren. Weil ihre Augen seitlich am Kopf stehen, können Pferde sie unabhängig voneinander nutzen und Gegenstände auf beiden Seiten gleichzeitig sehen. Das nennt man *monokulare Sicht.* Die fast komplette Rundumsicht ermöglicht es ihnen, Angreifer aus jeder Richtung zu erkennen. Die Farbwahrnehmung ist weniger genau als beim Menschen, dafür Ist aber die Nachtsicht deutlich besser.

NASE Die Nasenhöhle eines Wildpferds enthält mehr als tausend Geruchsrezeptoren – dreimal mehr als die der Menschen. Wildpferde können sich an Tausende von Gerüchen erinnern. Das hilft ihnen, ihre Freunde zu erkennen, Raubtiere zu meiden, Nahrung aufzuspüren und ihre Spuren wiederzuerkennen, um den Weg nach Hause zu finden. Die große Nase heizt auch die kalte Luft an, was die Pferde im Winter warm hält.

HUFE Wildpferde sind für ihre harten Hufe bekannt. Sie sind ständig auf den Beinen und der raue Boden hält ihre Hufe gesund. Die Mustangs des Pony-Express brauchten keine Hufeisen, weil sie keine schweren Lasten tragen mussten.

Skys Lebensraum

DIE BEIFUSS-STEPPE DES GROSSEN BECKENS

Das *Great Basin* – im Deutschen auch Großes Becken genannt – ist die größte und nördlichste der amerikanischen Wüsten- und Steppenregionen. Es ist ein Halbtrockengebiet und hauptsächlich von Salbeisträuchern, Büschen und Gräsern bewachsen. Das Becken erstreckt sich über einen Großteil von Nevada sowie Teile der angrenzenden Bundesstaaten und umfasst eine Fläche von mehr als 500 000 Quadratkilometern. Das ist ein bisschen kleiner als Kenia und ein klein wenig größer als Spanien.

Das Große Becken zeichnet sich durch schneereiche Winter und heiße, trockene Sommer aus. Die 15 bis 30 Zentimeter jährliche Niederschlagsmenge fließt nicht in Richtung Ozean, sondern landeinwärts und sammelt sich in großen Seen. Im Großen Becken leben die Washoe, Gosiute, Ute, Paiute und Shoshone – indigene Stämme, die dort schon seit mindestens zehntausend Jahren angesiedelt sind.

Früher wuchsen im Großen Becken Hunderte verschiedener Gräser und machten das Gebiet zu einem hervorragenden Lebensraum für Pferde, Rotwild, Elche, Gabelböcke und Dickhornschafe. Eine lang anhaltende Dürre im amerikanischen Westen hat jedoch viele der ursprünglichen Pflanzen ausgerottet und die ansässige Tierwelt stark belastet. Die Einschleppung invasiver (also nicht heimischer) und leicht entflammbarer Gräser hat die Häufigkeit und Intensität großer Flächenbrände drastisch erhöht.

Die **Great-Basin-Schaufelfußkröte** lebt in der Nähe der saisonabhängigen Tümpel und langsam fließenden Quellen, wo sie ihre Eier legt. Im Frühling stößt sie Rufe aus, die an Enten erinnern. Die Schaufelfußkröten haben senkrechte Pupillen wie eine Hauskatze – eine Anpassung, die ihnen hilft, nachts Grillen und Käfer zu jagen. Sie haben auch speziell angepasste Füße zum Graben in kieseliger Erde, wodurch sie in der Lage sind, sich dem trockenen oberirdischen Klima des Großen Beckens zu entziehen. Die Kröten halten einen Winter- und einen Sommerschlaf.

Chuckwallas sind eine grünlich graue Echsenart aus der Familie der Leguane. Sie leben in Felsspalten und erwehren sich ihrer Feinde durch Aufblasen des Körpers, damit sie nicht aus dem Felsgestein gezogen werden können. Ein Chuckwalla trinkt nicht, sondern nimmt Wasser aus den Pflanzen auf, die er frisst. Wie die Schaufelfußkröte hält auch er Winter- und Sommerschlaf.

Die **Westliche Klapperschlange** ist bekannt für ihr warnendes Klappern und ihren giftigen Biss.

Dagegen ist die **Kiefernnatter** vollkommen harmlos, entgeht aber ihren Feinden, weil sie einer Klapperschlange so sehr ähnelt. Diese Art der Tarnung nennt man *Mimikry*.

Esel kamen mit den spanischen Besatzern im 16. Jahrhundert nach Amerika. Sie sind kleiner und deutlich schmaler als Pferde, je nach Rasse zwischen 80 und 160 Zentimeter hoch. Sie können bis zu 20 Prozent ihres Eigengewichtes tragen, ein 200 Kilo schwerer Esel darf also mit 40 Kilo beladen werden, ohne dass er Schaden nimmt.

Wie Pferde sind auch Esel sehr intelligent und bilden starke Familienverbände. Sie können extreme Wetterlagen mit wenig Nahrung und Wasser überstehen und sind selbst in schwierigem Gelände trittsicher. Im Gegensatz zu Pferden, die bei der kleinsten Gefahr kopflos davonstürmen, bleiben Esel allerdings erst einmal stehen und überprüfen die Lage oder setzen sich zur Wehr. Diese Gelassenheit und ihre durchdringenden Schreie machen Esel zu idealen Wachtieren für Nutzvieh.

Der **Nacktschnabelhäher** heißt im amerikanischen Englisch *Piñon Jay,* was so viel bedeutet wie *Kiefernhäher.* Er hat ein blaugraues Gefieder und dunkle Flügelspitzen. Häher versammeln sich oft zu lärmenden Schwärmen von mindestens hundert Vögeln. Die Piñon-Kiefern sind abhängig von den Nacktschnabelhähern, weil diese nur einen Teil der gesammelten Kiefernsamen fressen und den Rest vergraben, sodass jedes Jahr ein paar übrig bleiben und zu neuen Bäumen heranwachsen.

Die **Einblättrige Piñon-Kiefer** gedeiht in den kalten Wintern und heißen, trockenen Sommern des Großen Beckens. Sie bringt kleine Zapfen mit Samen hervor, die von den indigenen Stämmen der Region schon seit zehntausend Jahren geerntet werden. Die Samen schmecken, haben genauso viel Protein wie Rindfleisch und man kann aus ihnen ein äußerst nährstoffreiches Öl gewinnen. Für die indigenen Völker im Großen Becken sind sie das Hauptnahrungsmittel und entscheidend für deren Gesundheit, Ernährung, Wirtschaft und Kultur. Zwischen 1859 und 1861 benötigten die Bergleute der Silberminen im Großen Becken jedoch Holz zum Bau der Minenschächte. So rodeten sie Tausende Hektar Piñon-Wald, was zu einer großen Hungersnot unter den Stämmen der indigenen Völker führte.

Wüsten- oder **Steppenbeifuß**, häufig auch **Wüstensalbei** oder einfach nur **Salbei** genannt, ist die meistverbreitete Pflanze im Großen Becken. Seine graugrünen Blätter bleiben das ganze Jahr über an den Sträuchern und machen ihn so zu einem wichtigen Futterspender für Vögel, Nagetiere, Kaninchen, Rotwild, Gabelböcke, Schafe und Pferde. Wüstensalbei hat einen charakteristisch scharfen, gleichzeitig süßen Geruch und einen pfefferartigen Geschmack. Weil er über den Schnee ragt, ist er für viele Tiere im Winter die Hauptnahrungsquelle. Auch für die Menschen im Großen Becken ist er wichtig, die ihn als Medizin und zum Herstellen von Körben und Seilen nutzen.

Das **Dromedar** ist ein Wüstentier und nicht ursprünglich in Nordamerika heimisch. In den 1850er-Jahren kaufte das Militär der Vereinigten Staaten Dromedare aus Nordafrika und der Türkei. Sie wurden zum Überprüfen der Verbindungsstraßen gebraucht, die mitten durch die Wüsten im Südwesten des Landes verlaufen.

DIE SIERRA-NEVADA-BERGE

Die Berge der Sierra Nevada (spanisch »verschneites Gebirge«) sind ein Gebirgszug vulkanischen Ursprungs, der 644 Kilometer lang ist und an der Grenze der beiden Bundesstaaten Kalifornien und Nevada verläuft. Das Gebirge hat ein mediterranes Klima mit kühlen, nassen Wintern und heißen, trockenen Sommern. Sein Ökosystem wandelt sich mit zunehmender Höhe dramatisch. An den unteren, westwärts gerichteten Hängen der Sierra Nevada wachsen große artenreiche Wiesen und viele Eichen. Diese Vorgebirge nennt man die Hartlaub- oder **Chaparral-Zone** (*chaparra* bedeutet im Spanischen »niedrige immergrüne Eiche«).

Wenn man über 900 Meter steigt, erreicht man die **untere montane Zone**, in der stärkerer Regenfall üppige Mischwälder aus Koniferen und Laubbäumen sowie jede Menge Unterholzpflanzen hervorbringt.

In der **oberen montanen Zone** ab 2000 Metern sind die Sommer kurz und der Schnee bleibt von November bis Juni liegen. Die Wälder bestehen hier fast ausschließlich aus Tannen und Kiefern.

In der **subalpinen Zone** oberhalb von 2500 Metern gedeihen nur noch die anspruchslosesten Pflanzen. Weißstämmige Kiefern und Drehkiefern sowie Hemlock-Tannen können die dünne Erdschicht, starken Schneefall und heftige Stürme überstehen.

In der **alpinen Zone** über 2800 Meter wachsen gar keine Bäume. Der Boden ist mit Gesteinsfeldern und Granit bedeckt, doch selbst da überleben noch ein paar zähe Pflanzen, Flechten und Gräser. Zu den Säugetieren der alpinen Zone gehören das Dickhornschaf, das Gelbbauchmurmeltier und der Amerikanische Pfeifhase.

Die östlichen Hänge der Sierra sind wesentlich steiler und viel trockener als die westlichen. Hier wachsen dürreverträgliche Bäume wie Keffrey-Kiefern, *Juniperus grandis* (Wacholder) und Piñon-Kiefern.

Braunbären, zu denen auch die Grizzlybären gehören, waren im 19. Jahrhundert in Kalifornien sehr verbreitet. Auch wenn sie die größten Raubtiere Nordamerikas sind, besteht ihre Nahrung hauptsächlich aus Gräsern, Wurzeln, Nüssen und Insekten. Aber sie fressen auch Fisch, Nagetiere, Eichhörnchen, Rotwild, Elche oder Bergschafe. Bären fressen im Sommer und Herbst riesige Mengen an Nahrung und legen sich so eine dicke Fettschicht zu, von der sie zehren, wenn sie Winterruhe halten. Ihr Sehvermögen, Hör- und Geruchssinn sind ausgezeichnet, und weil Bären so viel Verschiedenes fressen, haben sie ein beeindruckendes Gedächtnis für Ort und Zeit jeder Beute ausgebildet.

Bären haben ein bis vier Junge pro Jahr. Die Jungen bleiben vier Jahre bei ihrer Mutter und lernen von ihr alles über Nahrung und wo man sie findet. Der letzte Braunbär in Kalifornien wurde im Jahr 1924 gesichtet, doch seinen kleineren Vetter, den sogenannten Schwarzbär, gibt es dort immer noch. Die meisten verbliebenen Braunbären Nordamerikas leben heute in Kanada und Alaska.

Pumas, auch **Berglöwen** genannt, sind kräftige und schnelle Raubtiere. Obwohl sie fast anderthalb Meter lang werden und ein Gewicht von 125 Kilo erreichen können, bewegen sie sich absolut geräuschlos. Sie lauern stundenlang auf Bäumen oder überhängenden Felsen, um ihre Beute zu überfallen, die sie blitzschnell mit einem einzigen Biss in den Nacken töten, mit dem sie das Rückgrat des Opfers brechen. Pumas sind reine Fleischfresser – sie jagen hauptsächlich Hirsche, gelegentlich aber auch Kojoten, Bergschafe oder Waschbären. Bis auf den Menschen haben Pumas keine natürlichen Feinde.

Den **Virginia-Uhu** gibt es in allen US-Bundesstaaten außer auf Hawaii. Nur die **Schneeeule** und der **Bartkauz** in Kanada und Alaska sind größer. Der Virginia-Uhu kann sich an nahezu jeden Lebensraum – von städtischer bis arktischer Umgebung – anpassen und nutzt die Breite seiner Beuteauswahl wie kein anderes Raubtier, denn er frisst alles von Skorpionen, Nagetieren wie Ratten und Mäusen über Stachelschweine, Fledermäuse und Katzen bis zu Enten, Gänsen und Habichten. Der Virginia-Uhu ist sowohl nacht- als auch tagaktiv. Mit seinem scharfen Schnabel und den kräftigen Krallen ist er der einzige Raubvogel, den Krähen und Raben fürchten.

Die **Grauwasseramsel** hat graues Gefieder, lange Beine und einen kurzen Schnabel. Sie lebt an schnell fließenden Bächen und Wasserfällen und ist der einzige Singvogel in Nordamerika, der schwimmt. Die Grauwasseramsel ernährt sich von Insekten, Larven und Fischeiern, die sie im steinigen Grund der Berggewässer findet. Weil sie an Steilhängen und manchmal sogar unter Wasserfällen nistet, baut sie zweiteilige Nester mit einer wärmenden Außenhülle, die die Eier und Jungvögel trocken hält.

Der **Amerikanische Pfeifhase** ähnelt einer Maus, ist aber mehr mit Hase und Kaninchen verwandt. Er hat runde Ohren, keinen Schwanz und lebt zwischen Felshängen in der alpinen Zone. Er gräbt keine Höhlen, sondern sucht sich behagliche Spalten im Gestein, um vor den Habichten zu fliehen, die ihn jagen. In den kurzen alpinen Sommern sammeln die Pfeifhasen Gras, Moos und Wildblumen und bauen damit an geschützten Plätzen winzige Heuhaufen. Die Gräser trocknen bald und der Pfeifhase füllt seinen so gewonnenen Bau mit Nahrung für die langen Winter. Er sammelt oft mehr als nötig und die übrigen Heuhaufen geben Nährstoffe an die dünne alpine Erddecke ab. Pfeifhasen passen farblich gut zu ihrer felsigen Umgebung, sodass sie nur schwer zu erkennen sind. Ich habe auf meinen Bergwanderungen schon oft ihr fröhliches Pfeifen gehört, aber noch nie einen gesehen.

Wie die meisten subalpinen und alpinen Pflanzen wächst auch die **Berg-Hemlock-Tanne** nur langsam. Auf tieferen und feuchteren Anhöhen kann sie sehr hoch werden, doch weiter oben im Gebirge ähnelt sie oft mehr einem Strauch, weil das Gewicht des Schnees und der gnadenlose Wind sie dazu zwingen, sich an den Boden zu drücken. Hemlock-Tannen bieten sehr guten Schutz für viele alpine Tiere. Ihre Zapfen sind relativ klein und verbreiten ihre Samen mithilfe des Windes. Um Hemlock-Tannen von anderen immergrünen Bäumen im Wald zu unterscheiden, muss man nur nach dem höchsten Gipfeltrieb schauen. Wenn er überhängt, handelt es sich um ein Mitglied der Hemlock-Familie.

Die **Amerikanische Zitterpappel**, auch **Zitterespe** genannt, ist mit ihrem fahlen Stamm und den goldenen Herbstblättern einer der schönsten Bäume Nordamerikas. Aus einem einzigen Wurzelsystem kann eine ganze Baumgruppe wachsen, weshalb ein Espenwald aus lauter Klonen besteht. Sie zählen aber alle als einzelne Lebewesen. Das Wurzelsystem kann Tausende von Jahren überdauern, immer neue Bäume austreiben und erstreckt sich oft über mehrere Tausend Quadratkilometer, was die Zitterespe zu einer der größten und ältesten Pflanzen der Welt macht.

Nach einem Waldbrand treiben die Espen sehr schnell neu aus. Sie bieten Nahrung und Schutz für viele Tiere, von Kaninchen und Mäusen bis zu Bären und Zugvögeln. In ihrem Unterholz wachsen viele Wildblumen.

Es gibt Hunderte Arten von alpinen **Wildblumen** auf den höchsten Erhebungen der Sierra. Sie wachsen in Wiesen und Mulden dicht am Boden, wo sie vor den starken Winden geschützt sind. Viele sind nur wenige Zentimeter hoch. Sie haben wachsartige oder behaarte Blätter, um sich vor Feuchtigkeitsverlust zu schützen und dem intensiven alpinen Sonnenlicht zu trotzen. Dicke, fleischige Wurzeln speichern Energie und erlauben den Pflanzen in den sechs bis acht Wochen, die der Boden schneefrei ist, schnell zu blühen und Samen zu produzieren. Weil die Gipfel der Sierra Nevada höher als die Gletscher der letzten Eiszeit waren und die dort wachsenden Alpenblumen darum überleben konnten, zählen sie zu den ältesten Pflanzenarten Nordamerikas.

Wasser vor allem andern

Alles Leben braucht Wasser, von den kleinsten Mikroben bis zu den größten Tieren und Pflanzen. Pferde benötigen zwischen zwanzig und vierzig Liter pro Tag. Aber ein Wildpferd, das weiß, wie man auch kleinste Wasserquellen nutzt, zum Beispiel Morgentau, kann bis zu sechs Tage überleben, ohne zwischendurch richtig zu trinken.

In der Zeit um 1860, bevor die Stadt Reno in Nevada gebaut wurde, war das Land am Fuß der *Virginia-Range*-Bergkette ein riesiges Feuchtgebiet – ein Netz aus Teichen und Bächen, das aus dem Wasserabfluss der Berge gespeist wurde.

Überall in der Region fanden sich Frischwasserquellen, die von einem sogenannten Grundwasserleiter, auch *Aquifer* genannt, versorgt wurden – einem unterirdischen Frischwasserspeicher. Grundwasser ist sehr sauber, denn Schmutz und die meisten Bakterien werden beim Sickern durch die Erd- und Gesteinsschichten herausgefiltert.

Als im Jahr 1859 der Silberbergbau in der Region Einzug hielt, zerstörte er die dortige Umwelt und zum Teil auch das Wasser – sowohl ober- als auch unterirdisch. Weil die Bergleute Bäume fällten und nichts zur Wiederaufforstung unternahmen, verlor das Erdreich an den kahlen Hängen seinen Halt. Und weil sie in die Steinschichten hineingruben, beschädigten sie manchmal die Grundwasserspeicher, was dazu führte, dass sich Hunderttausende Liter Frischwasser in die Minen ergossen und sie zerstörten. Viele Arbeiter starben in den Fluten. Aber vor allem trockneten solche Unfälle die Grundwasserspeicher aus und viele Quellen versiegten. Der Verlust an Grundwasser schädigte Bäume, Sträucher und Grasland, die den Wildtieren Nahrung und Schutz gaben. Auch die indigenen Stämme der Region verloren ihre natürlichen Ressourcen und zogen deshalb nach Norden, in Gegenden mit weniger Siedlern und Silberminen.

Der Silber- und Goldbergbau begann in Nevada vor rund 160 Jahren und besteht bis heute. Es ist immer noch ein die Natur zerstörender und die Umwelt verseuchender Prozess. Aber selbst in Gegenden, in denen seit mehr als hundert Jahren nicht mehr aktiv Bergbau betrieben wird, bleiben die Giftstoffe – vor allem Quecksilber – im Wasser. Und auch die Gebiete, in denen die Grundwasserspeicher durch den Bergbau austrockneten, haben sich nicht erholt.

Viele Viehfarmen mit Rindern und Schafen entstanden und mehr als eine Million Menschen ist seit Gründung des Bundesstaats im Jahr 1864 nach Nevada gezogen. Auch Vieh und Menschen brauchen jede Menge sauberes Wasser. Und was das Ganze noch schlimmer macht: Der Klimawandel sorgt für höhere Temperaturen und weniger Regen und hat so eine Megadürre erzeugt, die seit nunmehr 22 Jahren anhält. Es ist die schlimmste Dürreperiode im amerikanischen Westen seit 1200 Jahren. Wilde Pferde und Esel müssen inzwischen viel weitere Wege zurücklegen, um Wasser zu finden, als jemals zuvor. Und manchmal führt ihre Suche sie dabei zu dicht an besiedelte Gebiete und Autobahnen heran.

Der Pony-Express

Der Pony-Express war ein Postsystem der Vereinigten Staaten mit Stationen im Abstand von jeweils 15 bis 20 Kilometern, an denen die Reiter jeweils auf ein anderes Pferd wechselten. Jeder Reiter ritt acht bis zwölf Stationen, bevor er die Post an einen neuen Reiter übergab. Der Beförderungsdienst verlangte von den Pferden einen ganztägigen Galopp. Die Route des Pony-Express führte von St. Joseph in Missouri nach Sacramento in Kalifornien, was einer Strecke von ungefähr 3 000 Kilometern entspricht.

Der Pony-Express startete im Jahr 1860, als eine große Nachfrage nach einem derartigen Postdienst zwischen den Städten im Osten der USA und dem jüngsten Bundesstaat Kalifornien herrschte. Die Vereinigten Staaten standen vor einem Bürgerkrieg. Präsident Lincoln wollte, dass der goldreiche Staat Kalifornien weiter zu den USA gehörte und sich von der Sklaverei lossagte. Dafür brauchte Lincoln ein Kommunikationsnetzwerk, das nicht von den Südstaaten kontrolliert wurde, die die Sklaverei beibehalten wollten und sich für die Abspaltung von den Vereinigten Staaten starkmachten.

Eine südliche Postkutschen-Route dauerte, abhängig vom Wetter, zwischen 21 und 42 Tagen. Postrouten übers Meer verliefen um die Spitze von Südamerika und brauchten dadurch noch länger. Der Pony-Express verkürzte die Zeit auf neun bis zehn Tage.

Die Post wurde in einer sogenannten *Mochila,* einer ledernen Satteltasche mit vier Beuteln, befördert. Die Reiter legten sie an jeder Station auf ein neues Pferd. Der Wechsel dauerte weniger als eine Minute, um den Posttransport nicht aufzuhalten. Die Reiter waren junge Männer, die bereit waren, zwölf bis zwanzig Stunden im Sattel zu sitzen, Tag und Nacht bei vollem Galopp und bei jedem Wetter. Es war eine ermüdende und einsame Tätigkeit, doch sie brachte das doppelte Gehalt eines Arbeiters oder Handwerkers.

Der Pony-Express kaufte die besten und schnellsten Pferde.

Die meisten hatten eine Rückenhöhe von etwa 1,40 Meter und waren damit kleiner als ein gewöhnliches Bauernpferd. Für die einfacheren und flacheren Bereiche wählte man kleine Rennpferde und für die gebirgigen Westteile Mustangs. Die Mustangs waren auf den steileren Bergpfaden trittsicherer, hatten keine Probleme mit der Höhenluft und waren widerstandsfähiger gegen Kälte. Die Pferde des Pony-Express wurden gut versorgt. Trotzdem war das Leben hart und viele wurden schon nach wenigen Monaten ausgemustert, weshalb ständig Nachschub gebraucht wurde. Der Postdienst bestand von April 1860 bis Oktober 1861, als der Fernschreiber aufkam und die Reiterstaffel unnötig machte.

Der Pony-Express wurde zu einem Mythos des amerikanischen Westens. Der populäre Wanderzirkus, *Buffalo Bill's Wild West Show,* der bekannt wurde und von 1885 bis 1913 durch die USA und Europa reiste, eröffnete sein Programm stets mit einer Nummer, in der ein Reiter des Pony-Express von »Indianern« gejagt wurde. Doch auch wenn Buffalo Bill und zahlreiche Cowboy-Filme behaupteten, dass regelmäßig Überfälle der »Indianer« stattgefunden hätten, gibt es bis heute keinen Beweis für solche Angriffe auf die Postreiter.

Im Sommer 1860, während des Pyramid-Lake-Kriegs, schloss der Pony-Express vorübergehend einen Abschnitt seines Postdienstes, um vermisste Pferde zu ersetzen und geplünderte und niedergebrannte Stationen wieder aufzubauen. Es ist heute unmöglich zu klären, wer für diese Plünderungen verantwortlich war. Viele Historiker glauben, es seien Paiute gewesen, die die Poststationen zerstörten und die Pferde befreiten. Die Mustangs stammten aus dem Weidegebiet, in dem die Indigenen ihre Pferde hielten. Vielleicht gehörten einige Mustangs lokalen Stämmen, die daraufhin versuchten, ihre gestohlenen Tiere zurückzugewinnen.

Wenn du heute durch den Westen der USA reist, kannst du immer noch Überreste der Poststationen des Pony-Express finden. Am Echo Summit in der Sierra Nevada kann man auf demselben Pfad wandern, den auch schon die Reiter vor 160 Jahren nahmen.

Das Kalifornische Gesetz von 1850

Als sich Kalifornien am 9. September 1850 den Vereinigten Staaten anschloss, verabschiedete die neue staatliche Rechtsprechung ein Gesetz, das *California Act of 1850*. Dieses Gesetz enthielt viele Vorschriften, die katastrophal für die indigenen Stämme Kaliforniens und der angrenzenden Gebiete waren.

Die schlimmste von allen war die Bestimmung zur Landstreicherei und zur Knechtschaft. Alle erwachsenen Indigenen galten von da an als Landstreicher, sobald sie im Freien aufgegriffen wurden und nicht bei einem Weißen angestellt waren. Die meisten Indigenen jener Zeit lebten aber vom Jagen, Sammeln und von der Landwirtschaft, weshalb fast jeder vor Gericht gestellt werden konnte. Die weißen Siedler brachten leicht eine Kaution für einen

Gefangenen auf, doch als Gegenleistung schuldete der Häftling dem weißen Siedler bis zu vier Monate kostenloser Arbeit. Und nach Entlassung aus diesem Vertrag konnte man den Indigenen sofort wieder als Landstreicher festnehmen.

Das ist Sklaverei. Das Gesetz trennte Stammesmitglieder von ihrem Land und ihrer Familie und machte es ihnen unmöglich, ihre Muttersprache und ihre kulturellen Praktiken zu bewahren.

Nach der Knechtschafts-Bestimmung des *California Indian Act* war es für weiße Siedler auch völlig legal, den indigenen Eltern ihre Kinder wegzunehmen und ohne Lohn für sich arbeiten zu lassen, bis die Jungen das 25. Lebensjahr und die Mädchen das 21. Lebensjahr erreicht hatten. Auch das ist Sklaverei. Die meisten Kinder, die als Sklaven gehalten wurden, waren zwischen sieben und zwölf Jahre alt, manche sogar erst drei. Es gab keine Bestimmung, dass die Kinder gut zu behandeln seien. Indigenen Menschen war es untersagt, vor Gericht zu gehen. Wenn ein Knecht misshandelt wurde, gab es deshalb keine rechtliche Handhabe, dagegen zu klagen. Mit der Abschaffung der Sklaverei im Jahr 1865 endeten einige der Bestimmungen aus dem *California Indian Act*, doch wurde das Gesetz erst 1937 endgültig aufgehoben.

Der junge Stallgehilfe an der Pony-Express-Station verkörpert eines dieser versklavten Kinder. Ich wollte dieser historischen Grausamkeit ein Gesicht geben und habe mir für den Paiute-Jungen ein wesentlich glücklicheres Ende ausgemalt, als es die meisten Sklavenkinder erlebten. Es ist aber bekannt, dass die indigenen Eltern häufig ihr Leben riskierten – und ließen –, um ihre Kinder aus der Sklaverei zu befreien.

Doch die indigenen Völker im amerikanischen Westen überlebten und leben bis heute in der amerikanischen Gesellschaft. Ihr Engagement für den Schutz der Umwelt und für die Rückgewinnung ihrer Kultur ist ein Beweis ihrer Kraft, ihres Muts, ihrer Klugheit und ihrer Stärke.

Silberbergbau in Nevada

Die Entdeckung von Goldvorkommen in Kalifornien im Jahr 1848 führte Siedler aus der ganzen Welt in den amerikanischen Westen. Die ersten Schürfer auf dem Gebiet der *Virginia Range* in Nevada fanden nur mäßige Goldmengen – einen Gegenwert von ungefähr 840 Dollar an Gold pro Tonne Erz –, deutlich weniger, als viele Minen in Kalifornien förderten. Doch 1859 überlegten sich erfahrenere Bergleute, das Erz aus der *Virginia Range* nach dem Silbergehalt zu bemessen, und kamen auf einen Wert von 3000 Dollar pro Tonne Erz – mehr, als fast alle kalifornischen Gruben an Gold schürften. So begann ein Silberrausch nach Virginia City in Nevada.

Einer der Männer, die dem Silberrausch folgten, war Samuel Clemens, der für die Lokalzeitung *Territorial Enterprise* schrieb. Während seiner Zeit in der *Virginia Range* fing er an, unter dem Pseudonym Mark Twain lustige Geschichten über das Leben der Schürfer zu schreiben. Später wurde er zu einem der bedeutendsten Schriftsteller Amerikas und ist der Autor von *Die Abenteuer des Tom Sawyer* und *Die Abenteuer des Huckleberry Finn.* Ich konnte einfach nicht widerstehen, Sam Clemens eine kleine, aber entscheidende Rolle in meiner Geschichte zu geben. Er ist der Mann mit der wilden Mähne, der Storm zur Flucht verhilft.

Der Bergbau zerstörte das Ökosystem des *Virginia-Range*-Gebiets vollkommen. Ganze Wälder von Piñon-Kiefern wurden abgeholzt, um Brennstoff und Stützwerk für die unterirdischen Minen zu gewinnen. Wasser wurde aus Bächen umgeleitet, sowohl für die Energieerzeugung der Dampfmaschinen als auch zur Auswaschung der Erze. Das Wasser wurde mit Salz und Quecksilber vergiftet, was zur Vernichtung allen Lebens in den Feuchtgebieten führte. Viele der Seen und Wasserläufe sind noch heute kontaminiert, mehr als hundert Jahre nach dem Ende des Silberabbaus in Nevada.

Die indigenen Völker der Paiute, Washoe und Shoshone lebten seit mindestens zehntausend Jahren in dem Gebiet im Einklang mit ihrer Umwelt. Die Zerstörung ihres Landes ruinierte ihre Kultur und Wirtschaft und führte zum Paiute-Krieg von 1860. Danach verließen viele, wenn auch nicht alle Indigenen den Landstrich und siedelten sich in sichereren Gebieten weiter nördlich an.

Der Bergbau ruinierte aber auch die Gesundheit der Schürfer und der Tiere, die mit ihnen in den Minen arbeiteten. Mangelernährung, Krankheiten und Verletzungen waren in den Bergarbeiterlagern alltäglich.

Eine besonders gefährliche Bergbaumaschine war die *Arrastra*. Es handelt sich dabei um eine primitive Schleifmühle. Eine seichte runde Grube wurde mit flachen Steinen gepflastert und dann mit

Erz gefüllt, das Gold und Silber enthielt und mit anderen Mineralien versetzt war. In der Mitte stand ein Pflock mit einem langen Arm, der von Pferden oder Eseln außen um die Grube herumgezogen wurde. Der Arm wiederum schleifte einen Mahlstein über das Erz, um es zu Mehl zu zerkleinern. Quecksilber, Kupfersulfat und Wasser wurden dem Gestein beigefügt, um alle leichteren Teile auszuschwemmen. Dann wurde die Mischung aus Quecksilber und Silber gekocht und der Quecksilberdampf zur Wiederverwendung aufgefangen. Am Ende blieb nur noch das reine Silber übrig.

Quecksilber ist ein starkes Nervengift und viele Menschen und Tiere litten und starben an Quecksilbervergiftung. Symptome dieser Art von Vergiftung sind Reizbarkeit, Taubheit, Zittern, Muskelschwäche, Übelkeit, geistige Verwirrung, Taumeln sowie Seh- und Hörverlust.

Der Bevölkerungs-Boom und die Einnahmen aus dem Bergbau ermöglichten es dem Nevada-Gebiet am 31. Oktober 1864 andererseits, ein eigener Bundesstaat zu werden, gerade rechtzeitig, um Präsident Abraham Lincoln bei der Wahl zu einer zweiten Amtszeit zu verhelfen und eine wichtige Stimme für das Verbot der Sklaverei in den USA.

Anmerkungen der Autorin

Ich habe die *Virginia Range* für diese Geschichte gewählt, weil sie so eine wunderschöne Landschaft ist. Ich habe sie auch gewählt, weil sie ganz in der Nähe der Stelle liegt, wo die *Comestock Lode* – eine ergiebige Silberader – entdeckt wurde, und weil der Pony-Express über diese Gebirgskette verlief. Und schließlich habe ich sie auch noch gewählt, weil sie die Heimat einer bemerkenswerten Frau namens Velma Johnson ist. Sie wurde geboren, lange nachdem die Silberminen schlossen, und lebte zu einer Zeit, in der es mehr Cowboys in Filmen gab als in der freien Natur des amerikanischen Westens. Einer Zeit, in der manche Rinderzüchter meinten, dass Pferde zu viel Viehfutter fräßen und zu viel Wasser bräuchten. Sie fingen Wildpferde ein und verkauften sie als Hühner- oder Haustierfutter. Manche Leute schossen sie auch zum Jagdsport ab.

Als Velma Johnson sah, wie grausam Wildpferde behandelt wurden, beschloss sie, etwas dagegen zu unternehmen. Weil sie als Kind an Kinderlähmung gelitten hatte, besaß sie große Empathie für das Leid von Tieren. Also wandte sie sich an die lokalen Zeitungen und forderte sie auf, die schlimme Lage der Wildpferde öffentlich zu machen. Sie fotografierte, sagte vor Gerichten aus und ermutigte Abgeordnete, Gesetze zum Schutz der Wildtiere zu verabschieden.

Mächtige und reiche Männer wollten ihre Arbeit immer wieder torpedieren. Doch die öffentliche Meinung in Sachen Umwelt änderte sich. Velma Johnson sammelte Verbündete einschließlich Tausender Schulkinder von überallher aus den Vereinigten Staaten, die ihren Abgeordneten schrieben und sie aufforderten, das Gesetz zur Bewegungsfreiheit von Wildpferden und -eseln zu beschließen, das schließlich 1971 in Kraft trat. Es fügte sich in zahlreiche andere Umweltbestimmungen ein wie das Luftreinhaltungsgesetz von 1970, das Wasserreinhaltungsgesetz von 1972 und das Schutzgesetz für gefährdete Arten von 1973.

Zusammen schützten diese Gesetze das Leben von Tausenden Menschen, die unter schlechter Luft und Wasserqualität litten. Sie sorgten für die Wiederherstellung der von Umweltschäden zerstörten Landschaften und retteten viele vom Aussterben bedrohte Tiere und Pflanzen einschließlich unserer wilden Pferde und Esel.

Ich hoffe, dass meine Leser ein wachsames Auge auf die Welt um uns herum haben und die freie Natur mit all ihren Tieren, Pflanzen und Menschen lieben. Ich hoffe, dass ihr sie so sehr liebt, dass ihr sie beschützt. Die Arbeit, den Klimawandel umzukehren und öffentlich zugängliches Land zurückzugewinnen, wird nicht leicht werden, doch ihr müsst weder groß und stark noch reich sein, um die Welt zu verändern. Ihr müsst nicht einmal alt genug sein, um wählen zu dürfen. Ihr müsst nur mutig und beharrlich sein. Die Wildtiere unserer Welt brauchen eure Stimme.

Rosanne Parry lebt mit ihrer Familie in einem alten Bauernhaus in Portland, Oregon, USA. Ihr Großvater wurde in Berlin geboren und wanderte als Teenager nach Amerika aus.

Rosanne Parry hat vier Kinder, manchmal auch einige Hühner und Kaninchen. Die mehrfach preisgekrönte Autorin schreibt ihre Bücher am liebsten in einem Baumhaus in ihrem verwilderten Garten.